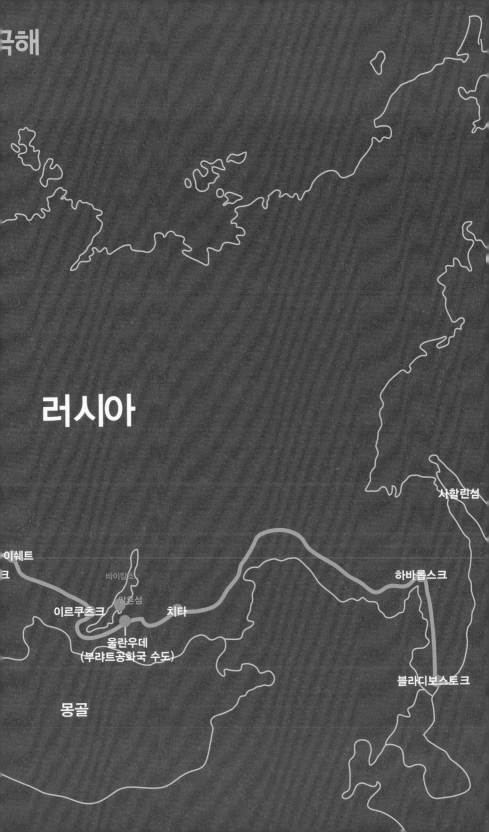

시베리아 횡단열차

타고

러시아와
발트 3국

42일

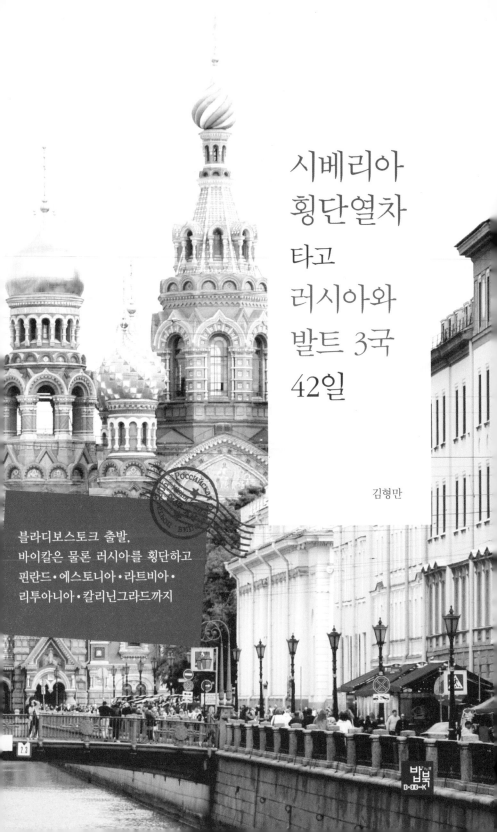

시베리아 횡단열차 타고 러시아와 발트 3국 42일

김형만

블라디보스토크 출발,
바이칼은 물론 러시아를 횡단하고
핀란드·에스토니아·라트비아·
리투아니아·칼리닌그라드까지

밥북

들어가는 말

기차여행의 끝판왕! 시베리아횡단열차를 타고 가는 기나긴 여정은 불안하기도 하고(말이 안 통하는 러시아라 더욱 그랬다), 많은 것을 봐야 한다는 심리적 부담이 있었다.

쉽게 떠날 수 없는 곳, 유라시아 대륙 위에 남아 있는 마지막 모험! 아날로그적 느림보 열차 여행! 누구나 한 번쯤 꿈꿔봤을 특별한 기차 여행!

시베리아횡단철도 전 노정인 9,288㎞를 포함하여 바이칼, 모스크바, 상트페테르부르크, 헬싱키, 발트 3국인 에스토니아, 라트비아, 리투아니아, 유럽 대륙의 끝 칼리닌그라드까지 지구 둘레(약 4만㎞)의 3분의 1거리인 13,000㎞를 달렸다.

다른 사람들은 뭘 봤을까? 교통은 어떻게 이용했으며, 무엇을 먹었을까? 그들보다 버벅거리고 초라한 여행이면 어떡하지?

조바심에 여행을 편하게 하려고 정보 사냥에 나서고 인터넷 여행족보를 찾는다.

어디를 △△ 타고 가서 ○○을 보고, ◇◇을 사고, □□식당에서 ☆☆을 먹고, 사진은 어디에서 찍고….

먼저 여행을 한 이들의 여행기를 보면 안심도 되고 좋기는 한데, 누구나 똑같은 루트에 비슷한 여행을 하게 된다. 인생도 그렇듯이 남들이 밟은 길을 쫓아가지 않고, 남들이 가지 않은 새로운 길을 개척해야 한다. 단체줄넘기하듯이 똑같은 삶을 산다는 것은 그렇지 않은가? 다른 사람과 똑같은 길을 가면서 다른 결과를 바라는 것은 어리석은 짓이다.

좋아서 가끔 소리 내어 읽기도 하고, 속으로 되뇌기도 하는 계관시인 '로버트 프로스트'의 「가지 않은 길」의 마지막 시구를 소개한다.

"숲 속에 두 갈래 길이 있었고, 나는
사람들이 적게 간 길을 택했다고
그리고 그것이 내 모든 것을 바꾸어 놓았다고"

걸어온 길 보다는 걷지 않았던 길에 대한 미련은 인생도 마찬가지다.

동시에 두 길을 갈 수 없다. 매 순간 선택하고, 다른 한쪽으로 포기해야 하는 게 인간의 숙명이다. 인생의 고뇌와 인간적 한계가 누군들 없으랴. 가지 않은 길을 궁금해하며 살아가야 할 운명을 탓하지 말고, 가지 않은 길을 지금이라도 기웃거려 보시라!

어디로 갈까? 망설이는 초보자일 때가 행복하다. 여행도, 인생도 처음은 무엇이든 서투르지만 신비롭다.

첫 만남, 첫인상, 첫 키스, 첫사랑, 첫눈, 첫 직장, 첫 칭찬, 첫 보금자리… 언제나 처음은 설렘과 함께한다.

나름의 생각은 여행지 인포에서 지도를 받아들고 설명을 들으며, 질문하고 추천을 받는 것이 좋다고 생각한다. 블로거들의 여행기를 지나치게 믿으면 나만의 여유를 찾지 못하는 개성 없는 나들이가 되어버린다.

잘 조성된 둘레길을 가벼운 발걸음으로 즐겨도 좋겠지만, 능력이 닿는다면 높고 울퉁불퉁한 나만의 오프로드를 경험하는 여행지로의 일탈은 어떨까?

정보의 홍수를 나름대로 점검하고, 가고자 하는 국가(지역)의 관광청, 공연기관, 철도와 버스회사 홈페이지를 참고하는 것이 디투어링(detouring)을 하게 하는 선생님이다.

자신만의 여행은 이렇듯 경로를 다양화할 수 있는 여유와 자유에 더해 용기가 필요하다. 조금 불편하되 많이 행복한 길을 찾는 여행이다.

여행에서 중요한 건 '어디'가 아니라 '누구와'다. 그렇지 않다면 아무리 멋진 곳에 가도 고행이다. 마음이 통하고 믿을 수 있는 친구와 함께라면 어딜 가도 즐겁다(싱크로율과 주파수가 맞는 소울메이트여야 한다).

여행은 '자신이 자신에게 주는 최고의 선물'이라는 말처럼 나에게 낭만을 선물하고 싶었다. 나를 위해 자양분을 쌓고 싶었다. 내 인생이 꽃밭이어야 모두가 꽃길을 간다.

상상의 꽃비가 내린다. 꽃비에 대한 호기심이 판타지 영화를 기다리는 것처럼 탱탱하게 꿈틀거린다.

제2장 / 핀란드, 에스토니아

제3장 / 라트비아, 리투아니아

제4장 / 마지막 여행지 러시아 칼리닌그라드와 돌아오는 길

기차 승차권 예시

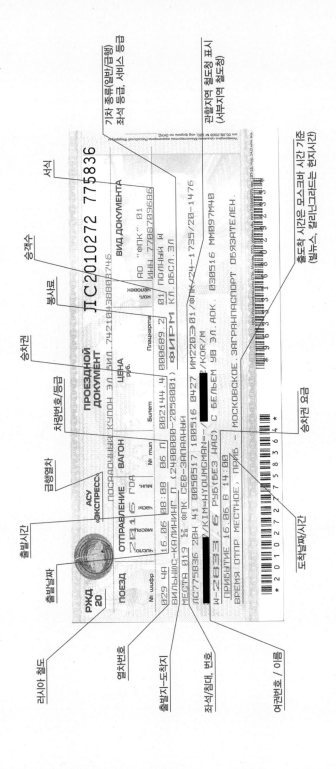

러시아 철도

출발날짜

출발시간

열차번호

급행열차

차량번호/등급

승차권

봉사료

승객수

서식

기차 종류(일반/급행)
좌석 등급, 서비스 등급

관할지역 철도청 표시
(서부지역 철도청)

출발지-도착지

좌석/침대, 번호

승차권 요금

도착날짜/시간

여권번호 / 이름

출도착 시간은 모스크바 시간 기준
(빌뉴스, 칼리닌그라드는 현지시간)

제1장

러시아, 유라시아 대륙의
끝에서 시작점까지

동방을 지배하라(VladiVostok)

탑승게이트에서 항공사 직원이 양해를 구한다. 오늘 만석이라 항공기 선반이 부족할 것 같은데 배낭을 수화물로 보내드리면 어떻겠냐고 한다. 늦게 실을 것이니 빨리 찾을 수 있다고 하면서. 그렇게 하기로 했다. 빨리 찾을 수 있다니 시간을 낭비하지 않겠지.

이륙하여 1시간 30분여를 비행하니 블라디보스토크이다. 우리나라와 가장 가까운 거리에 있는 유럽을 느낄 수 있는 도시, 우리 반도를 동쪽으로 가로지른 뒤 북한 영공과 공해를 따라 비행하니 국적기(2시간 45분 소요)보다 1시간 이상 비행시간이 빠르다. 국적기는 서해의 공해상을 거쳐 북한 해변을 우회하여 중국 창춘으로 향했다가 지린성 쪽을 가로지른 뒤 다시 기수를 동쪽으로 돌려 러시아 영공으로 진입하니 시간이 더 걸린다. 비행 거리가 장거리가 되니 항공료도 다르고, 항공유도 산유국인 러시아 국적기가 더 경쟁력이 있고, 오로라항공엔 러시아 사람들로 가득하다. 착륙하니 박수도 치고.

공항에서 시내로 가는 버스가 출발시각보다 아직 10분 정도 남았는데 우리가 승차하니 운전사 마음대로 곧장 출발한다. 승차권도 버스 안에 차장이 타고 있어 간편하다. 우리와 비교된다. 요금은 할머니 차장이 받

는데 120루블을 받는다. 영수증에는 100루블로 되어 있어 '잘못되었다'
했더니, 영수증에 기재가 안 된 20루블은 배낭 운송료라고 한다.

블라디보스토크역

버스는 먼지 풀풀 날리는 신작로를 달린다. 도로 주변의 나무는 연한
새잎이 이제 막 나오기 시작했다. 벚꽃도 이제 피어나고, 개나리와 산수
유도 피었다. 새봄을 다시 맞이하는 느낌이다. 버스 기사는 핸드폰 통화
를 멈추지 않고 운전을 해대더니 낯선 땅, 유럽인 듯, 유럽 아닌, 유럽
같은 나라! 바로 러시아의 블라디보스토크 역 건너편에 우리를 내려놓
는다.

블라디보스토크의 면적은 서울특별시의 절반 정도에 인구는 60만 정
도라고 한다.

러시아 공산당을 창설한 레닌의 동상이 동쪽을 가리키고 있다.

부동항으로 군사항이면서 연해주지방 최대 어업기지, 러시아의 극동 관문인 블라디보스토크! 유럽과 아시아 문화가 함께 살아 숨 쉬는 도시, 역 건너편 공원에는 레닌이 모자를 벗어든 채 오른손으로 동쪽을 가리키는 동상이 우뚝 서 있다. '블라디보스토크'란 러시아어로 블라디(Vladi, 지배하다)와 보스토크(Vostok, 동방)의 합성어로 '동방을 지배하라'라는 뜻이라 한다.

※ 레닌도 극동을 중요시하였지만, 블라디미르 푸틴 현 대통령도 극동을 러시아 성장의 핵심동력으로 앞세우려고 투자를 늘리고 교통, 환경 인프라를 확충하고 있다. 이는 러시아가 세계 제일의 넓은 영토를 가진 나라지만 극동 인구가 620만명에 불과하여 경제 활력이 떨어지는 데 반해, 중국은 극동과 인접한 동북 3성(랴오닝·지린·헤이룽장)의 인구 1억천만명을 거느리면서 극동 진출이 활발해지자 위기의식을 느꼈기 때문이다. 러시아는 이제 모스크바는 정치와 경제, 군사, 외교의 중심지로, 상트페테르부르크는 문화와 사법의 중심지로 육성하고, 블라디보스토크는 태평양의 경제수도로 건설한다는 신동방정책을 시행하고 있다.

오늘이 러시아 전승절 마지막 날이라 2차 대전의 승리를 기념하고 전몰군인을 추모하는 행사가 곳곳에서 열리고 있다. 1~2주 전에 방문하려 했는데 외교부 홈페이지에는 매년 4월 20일(히틀러 생일)부터 5월 9일(승전기념일)까지는 러시아여행에서 야간외출을 자제하라는 권고를 하고 있다. 러시아 극단적인 인종차별주의 집단인 '스킨헤드'가 유색인종, 특히 동양인을 상대로 과격한 폭행을 일삼는다는 이야기를 들어왔고, 또한 전승절에는 러시아가 공휴일이어서 여행을 늦추었다(공휴일엔 숙박과 기차표가 비싸다). 전승비에는 전사자 이름을 동판에 하나하나 새겨 놓았다. 그 아래에는 추모하는 붉은 꽃들이 많이 놓여 있고.

니콜라이2세 개선문

역과 이어진 항구, 고리끼 극장, S-56잠수함 등을 둘러보았다.

해변 공원에 있는 러시아정교회 흐란 뒤쪽의 니콜라이 2세 개선문은 네 방향 어느 곳에서나 같은 모양으로 보이게 된 건축물인데 연인이 손잡고 통과하면 평생을 행복하게 산다는 소문이 있다 한다. 개선문의 앞면에는 니콜라스 황제의 얼굴이, 뒷면에는 블라디보스토크의 상징동물인 호랑이 문장이 그려져 있다. 니콜라이 2세는 황태자 시절부터 시베리아횡단철도의 건설을 독려했으며, 일본에서 배를 타고 블라디보스토크에 도착하였다고 한다.

개선문을 나와 해안도로를 따라 걸으면 2차 대전에 참전한 전함과 잠수함, 꺼지지 않는 영원의 불꽃이 있다.

깃발을 높이 들고 다른 한 손은 나팔을 든 동상이 있는 혁명광장은 1937년 스탈린의 고려인 대이주 정책 때 연해주에 살고 있는 17만 명의 고려인을 모이게 한 장소이다. 그렇게 모인 고려인은 강제로 기차에 태워져 중앙아시아로 이주해야 했다. 망국의 한을 품고 북풍한설 몰아치는 낯설고 척박한 생면부지의 땅, 언어도 안 통하고 기후도 건조하여 농사짓기도 어려운 연해주를 떠돌아 정착하느라 힘들었을 텐데… 힘없는 우리 동포는 어쩔 수 없었겠지. 을사늑약으로 주권을 잃은 한민족의 분노와 원한이 옛 소련(소비에트연방공화국) 곳곳에 어리는 듯 슬프다!

레스토랑의 식사는 유럽의 어느 식당보다도 맛있었다. 특히 seafood soup이 입맛을 돋운다. 한 코스가 끝날 때마다 모든 식기와 냅킨 등을 정성스럽게 다시 세팅한다. 한쪽 손의 손등을 몸 뒤 허리에 대고 멋진 발레리나 포즈로. 루블화 폭락으로 고급 레스토랑에서 흡족한 식사를 했다. 식당 선택을 잘했지 싶다. 이름도 기억하기 좋고, 부르기 좋고, 느낌 좋은 '형제'에서 맛있는 추억을 남긴다.

블라디보스토크 밤하늘은 전승을 축하하는 다연발 폭죽의 불꽃 세상이다. 우레와 같은 소리가 하늘에 울린다. 서머타임을 실시 중이고 한국과의 시차가 한 시간이라 생체리듬에 급격한 변화가 없어 좋다.

루스키 섬 극동대학(FENU)캠퍼스

블라디보스토크 역 지하 매표소에서 e-ticket을 기차표와 교환했다.

대합실에 들어갈 때 보안검색을 실시한다. 역사는 경찰이 아닌 군인들이 지키고 있다. 발권창구는 러시아 국내여행과 국외여행 창구가 각각 다르다. 상트페테르부르크발 헬싱키행 기차표는 국외발권 창구에서 멋진 파우치에 담아 준다.

기차역 뒤에는 국제 페리 선착장이 있는데 어제 한국에서 도착한

EASTERN DREAM호가 하역을 모두 끝내고 일본 사카이미나토로 항해하기 위해 기항하고 있다. (한국에서 DBS크루즈를 이용할까 고려했었는데 1주일에 한번(일요일) 운항하고, 동해항까지 이동해야 하며, 운항시간은 23시간으로 더 걸리고 비행기보다 비용이 많았다.) 3국을 항해해서인

동해 – 블라디보스토크 – 사카이미나토를 운항하는 페리

지 선착장에는 러시아 3색기와 일장기, 우리의 태극기가 펄럭이고 있다.

점심은 일식당을 찾았다. 블라디보스토크가 바닷가여서 샐러드와 스프, 주요리 모두 해산물이 주재료이다. 신선하고 맛도 좋다. 종업원에게 화장실을 알려달라고 하니 직접 입구까지 안내하고 손바닥을 위로하여 공손하게 알려준다. 어제 레스토랑에서도 입구에서 일일이 겉옷을 받아 옷걸이에 걸어주었었다.

오후에는 버스를 타고 금각만대교(블라디보스토크대교)와 루스키다리

를 건너 극동대학교가 있는 루스키 섬에 갔다. 섬에 가는 도중 블라디보스토크에 러시아 극동함대 사령부가 있어서인지 많은 함정과 상선들이 정박해 있다. 선착장에는 잠수함이 즐비하다. 군함도 많지만 부둣가에는 유가 하락의 재정문제로 군비를 감축해서인지 정비가 안 된 폐군함도 많다. 도로변 공동묘지는 예전처럼 단층이 아닌 아파트형으로 많이 설치되어 있다.

러시아 마지막황제 니콜라스2세의 특명에 따라 설립된 117년 역사의
루스키섬에 있는 극동대학교(Far Eastern Federal University)

극동대학 캠퍼스는 루스키 섬의 해변을 끼고 위치하여 풍광도 좋고 해변에는 선착장도 있다. 러시아 극동지역에서 가장 큰 대학교로 117년의 역사를 가지고 있다는데 건물은 모두 현대식이다. 2012년 블라디미르 푸틴 대통령 3기 정부의 출범과 동시에 내각에 극동개발부를 신설하고, 그 해 아시아태평양경제협력체(APEC) 정상회의가 루스키 섬에서 개최되었을 때 회의 장소로 사용한 건물은 본관, 해외 참가국 정상과 회의 관계자들의 숙소는 학생기숙사로 사용되고 있다고 한다. 극동대학교 건물은 모두 같은 스타일의 형식으로, 대학 내에 위치한 호텔도 같은 모양 같은 크기의 호텔1, 호텔2, 호텔3, 호텔4, 강의동도 1,2,3,4,5, 규모가 큰 도미토리도 1,2,3,4, 이런 식이다(공간배치와 디자인의 다양성, 색채의 조합에 대한 고민보다 표준화, 획일화, 규격화한 건축물로 개성이 없는 구축물 같다). 마침 대학 내 스타디움에서 학생들의 체육대회와 함께 어린 학생들의 찬조 매스게임과 대학생들이 루스키 섬 내부를 돌아오는 계주를 하고 있다.

저녁 식사를 위해 낮에 보았던 멋진 레스토랑에 가려고 입구를 들어가다 경비원한테 제지당했다. 교수식당으로 외부인은 출입할 수 없다며, 건물 밖에 나와서까지 기숙사 식당이 있는 건물을 친절하게 알려주어 그곳에서 뷔페식으로 했다. 지형(해변)을 이용한 이렇게 멋진 캠퍼스의 대학이 어디 또 있을까? 캠퍼스 규모가 어찌나 큰지 대학교 철재 담장을 따라 버스정류장이 5개나 된다.

승객 대부분은 학생들로 섬 전체에 젊음의 활기가 넘친다. 버스 내부에 노선도는 없지만 러시아어로 한번, 영어로 한번 안내방송을 한다. 승차는 뒷문으로 하고 앞문으로 내리면서 운전사에게 직접 요금을 지불한다. 편도 1시간 정도 거리인데 20루블(360원)이다.

저녁에 시내 해양공원 입구에 있는 아이맥스(OKEAH) 극장에 갔는데 극장 앞 광장에 2015년에 한국 영화감독 김기덕 씨 등 해외영화 관련 인사들의 핸드프린팅 패널이 있다. 블라디보스토크는 동해에 있는데 우리나라 '왜목마을'처럼 일출도 해넘이도 볼 수 있다.

블라디보스토크 BAR

독수리전망대

블라디보스토크 역과 선착장 그리고 혁명광장을 지나 블라디보스토크에서 제일 높은 독수리전망대 가는 길에 '현대호텔'을 지난다. 도로변 광고탑에는 블라디보스토크와 부산시가 자매결연을 하여서인지 부산의 한 메디컬센터를 홍보하고 있다.

독수리전망대 제일 높은 곳에는 러시아나 몽골 등 유라시아 대륙에서 사용하고 있는 키릴문자를 고안한, 그리스 출신 동방정교회 사제 메토디우스(815~885)와 키릴로스(827~869) 두 형제의 기념비가 있다.

주변 울타리에는 관광지에서 흔히 볼 수 있는 사랑의 자물쇠가 굳게 채워져 있는데 자물쇠가 크고, 두 연인의 이름과 날짜가 새겨 있다. 정상에서 금각만과 아무르만, 블라디보스토크 시내가 조망된다.

멀리 금각만(햇빛이 비치면 잔잔한 바다 표면이 마치 황금 뿔처럼 찬란하게 빛나기 때문에 과거 총독이었던 무라비예프가 터키 이스탄불의 금각만을 생각하며 붙인 이름이라고 한다.)을 가로지르는 금각교(2012년 9

독수리전망대에서 내려다 본 금각교(3100미터 다리)

러시아정교회 성당

월 아시아태평양경제협력체 APEC 정상회담에 맞추어 개통한 3.1km 길이의 세계 최장 사장교)와 루스키 다리도 보이고, 러시아 극동함대 소속 군함들과 화물선이 보인다. 겨울에도 얼지 않는다는 부동항을 러시아가 그토록 중시하는 이유가 절로 설명되는 풍경이다.

블라디보스토크에서도 유럽스러운 곳, 아르바트거리는 원래 모스크바에 있는 예술가들이 모여 살았던 곳이라 하는데, 정식 명칭은 포킨제독 거리로, 19세기에 블라디보스토크를 러시아에 영구귀속시킨 청나라와의 베이징조약(1860년, 청, 영국, 프랑스와 조약을 체결할 당시 이 조약을 중재해 준 대가로 연해주를 러시아에 내주게 되었다.)이 체결됐기 때문에 베이징거리라고 불리기도 했다 한다. 이곳이 블라디보스토크의 아르바트 거리라고 불리게 된 것은 아름다운 카페와 유럽의 고풍스러운 건물들이 들어선 이후, 사람들이 즐겨 찾게 되면서부터라고 한다.

아르바트거리는 보행자 전용거리로 거리 가운데 여러 개의 분수와 중간에 쉴 수 있도록 의자가 놓여있다. 거리의 상점 중엔 빨간색 간판의 '동대문'도 있다. 언덕에서 내려오면 나베르느자야 해변과 해양공원에 닿는다. 해변의 수산시장에서 킹크랩을 먹었는데 맛이 별로다.

시내 건물의 출입구는 문을 통과하면 또 문이 있다. 문도 육중한 문으로 힘을 주어야만 여닫을 수 있다. 그리고 언제나 닫혀 있다. 어딘든 경비원이 지키고 있으며 자기 가게 앞 거리를 청소할 때도 출입구를 잠그고 한다. 관공서, 박물관, 아트갤러리, 상점, 음식점 등 대중을 상대로 하는 모든 건물의 입구에는 열리는 시간과 닫히는 시간을 명기하여 놓았다.

해변공원과 이어진 아르바트거리

해변공원의 커피버스

어린이 놀이터에서 아기를 안고 있는 삼십 대 전후 엄마에게 길을 물었는데 한국말을 너무 잘하여 놀랐다. 현지인과 결혼하였지만 할아버지와 할머니한테 우리말을 배운 고려인(카레이스키) 3세라 한다. 우리말을 너무 잘하는 게 고맙고 애잔했다. 처자도 그렇지만 그분의 조부모가 존경스럽다.

아르세니예프 향토박물관 발해왕국의 유적

어제는 여름 날씨였는데 오늘은 비와 함께 바람이 분다. 해안지역이라 그런지 심한 바람으로 우산을 받을 수 없다. 블라디보스토크 시내는 꽃샘추위가 다시 찾아왔나 보다. 2주 전에만 해도 항구에 얼음이 둥둥 떠다녔다는 블라디보스토크의 변덕 날씨에 겨울옷 차림으로 변신했다.

세계 제2차대전 시 블라디보스토크에서 건조되어 파나마운하를 지나 유럽 전장에 투입되어 나치독일 군함 10척을 침몰시킨 소비에트의 영웅으로 승전 30주년부터 기념박물관으로 된 C-56잠수함 내부는 생각보다 길었는데 당시의 어뢰도 장착하고 장비가 잘 보존되어 있다.

C-56잠수함

아르세니예프 향토박물관은 3층으로 구성되었는데 입구에서 옷과 가방을 로커에 보관해주는 직원이 있다. 인상적인 것은 연해주 일대에서 100년 이상 된 지리학, 고고학, 민속 분야 유적들이 전시되어 있는데 고대국가 발해왕국(BalHae Kingdom)에서 발굴된 유적을 보고 반가웠다. 동방의 융성한 나라 해동성국 발해(698년 건국해 926년 멸망, 228년 동안 연해주 일대를 지배한 나라)가 고구려 유민이 세운 선조의 영토였다는 것만 알고, 당시의 유적과 문화를 접해본 적이 없었는데 감격이다. 조선 관북 지방의 가난한 농민들이 최초로 조·러 국경을 넘어가 새로운 삶의 터를 잡은 땅, 우리 민족의 의기가 충천하여 항일독립운동이 전개된 연해주에서 한민족의 혼을 느끼고 대륙에 새겨진 선조의 DNA와 숨결을 느낀다.

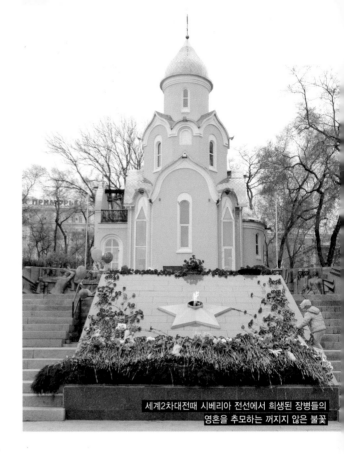

세계2차대전때 시베리아 전선에서 희생된 장병들의
영혼을 추모하는 꺼지지 않은 불꽃

　박물관은 세계사 타임라인과 함께 발해역사연대기를 연대별로 잘 분
류해 놓았다.

　점심은 H호텔 한식당에서 한정식으로 했다. 음식이 약간 짜지만 푸짐
하고 맛있는 차림이다. 10여 가지의 반찬과 잡채, 불고기, 생선구이 등으
로 3,200루블인데 어제 랍스터보다 좋다(루블화가 폭락해서 그렇지 예전
가치로 평가한다면 비싼 음식이다).

시베리아횡단철도 기념비: 맨 위에는 쌍두독수리 제정러시아 문장, 9288km의 시발점이자 종점이다.

레스토랑에서 청구서나 영수증을
도자기로 된 단지나 목재함에 담아
정성스레 테이블에 놓는다.

블라디보스토크 개발 당시의 자료를 모아 놓은 박물관에는 항구와 철도건설 당시의 설계도와 집기들, 심지어 문짝과 문고리까지 섬세하게 보존하고 당시 복식과 가정의 생활 집기 등이 전시되어 있다. 엊그제 니콜라이 개선문은 그냥 보기만 했는데 이 건축물은 블라디보스토크에서 상트페테르부르크까지 마지막 황제 니콜라스 2세가 왕위를 계승하기 위해 자신이 통치하고 있는 각 도시를 방문했을 당시 기념으로 만든 아치형 문으로, 손잡고 지나면서 소원을 빌면 이루어지고, 사랑하는 연인과 건너면 영원한 사랑을 이룬다는 문이다.

중앙광장 건너편 GUM백화점의 진열상품은 별로였지만 시내 유명 shop에는 온갖 고급제품이 다 있다. 매장 내부의 음악은 Rock이나 Pop song을 틀어대고 있다. 시내 중심가 쇼핑몰 CLEVER HOUSE 6층 식당가에 한국식 음식을 파는 국밥집이 있다. 상호도 한글로 되어있다.

'맛있는 세상'

오늘 밤 블라디보스토크를 떠난다.

작가 파스테르나크의 『닥터 지바고』와 톨스토이의 『안나 카레리나』에서처럼 황량한 시베리아 벌판을 횡단 열차를 타고 9,288km를 달린다.

＊ 시베리아횡단철도 건설 당시 프랑스 나폴레옹의 침공 역사 때문에 영내 철도구간을 이용하지 못하도록 서유럽의 표준궤보다 넓은 광궤를 설치했다고 한다. 다른 철도를 건설할 때도 독일과의 국교 단절을 고려하여 의도적으로 광궤를 사용하였다고 한다. 외부 침입

자의 러시아로의 신속한 이동을 막으려는 의도였다. 이는 정치 외교 또는 국방상의 이유로 인해 타국의 철도편을 직결하거나 자국 내 철도구간을 이용하지 못하도록 한 스페인의 경우와 같다. 스페인도 프랑스와의 국교단절을 위해 다른 철로 너비를 사용했다.

시베리아는 우랄 산맥 동쪽의 광활한 초원지대를 거쳐 태평양 연안까지 북방 침엽수림대를 관통하는 초원로다. 25년의 공사를 거쳐 1916년에 완공한 시베리아횡단철도(TSR)를 한 세기의 시공이 흐른 2016년 오늘 타고 가는 것이다. 가는 동안 경도차에 따르는 시차는 7번 바뀌고 정차하는 역은 75개 역이다.

기차는 한 칸이 9개의 방으로 구성된 상하 4인실 침대칸이다. 양쪽(침대) 의자 가운데에 탁자가 있어 차를 마실 때, 식사를 할 때 사용하거나 소지품을 놓을 수 있다. 침대 벽에는 간단한 것을 놓을 수 있는 벽장도 있고 침구와 타월, 칫솔과 치약, 구두약, 구둣주걱 등이 개인별로 제공되었다. 침구는 시트, 베게, 커버, 이불 등이 모두 뽀송뽀송하고 청결하다. 프랑스 테제베나 유레일, 스페인의 렌페보다 시설이 좋다. 4인실 미닫이 문을 닫으면 문에 거울을 붙여 놓아 넓게 보인다. 같은 방에 타고 갈 숙녀를 배웅하러 온 남자는 열차 복도에서 뜨거운 작별을 하고 있다. 좁디좁은 기차의 복도에서 방금 작별을 한 젊은 숙녀는 최고의 편한 복장인 초미니 차림으로 갈아입고 보드카를 주문하여 마시고 있다. 러시아에서는 알코올 도수 10% 이하는 주류가 아닌 소프트드링크로 분류되어 어린이들도 맥주를 마셨는데 2011년에야 주류로 인정되었다고 한다. 잠시 후

민망하여 실내 등을 꺼도 되냐고 했더니, 그렇게 하란다. 기차는 미끄러지듯 출발하여 우리의 중간 기착지인 하바롭스크로 달리고 있다.

5 / 13 (5일째)

하바롭스크의 김유천 거리

유라시아의 종점이자 시베리아철도의 동쪽 끝 블라디보스토크를 떠난 기차는 오마샤리프 주연 영화 〈닥터 지바고〉의 풍경에 나오는 자작나무(순백의 뽀얀 나무껍질에 기름기가 많아 태우면 '자작자작' 소리가 난다 해서 붙여진 이름) 숲과 낮은 구릉을 쉴 틈 없이 달려, 아침 8시에 정확하게 하바롭스크 도착시각을 지켰다. 아무르 공원을 따라 호텔을 찾느라 지도를 보고 있으니 출근길에 바쁜데도 불구하고 길을 가시던 아주머니가 길을 알려준다. 어떤 분은 아예 출근하던 길을 바꿔 자기를 따라오라 하며 앞장선다. 미안해서 그만 우리가 찾아간다 해도 호텔이 500미터도 더 남았는데, 하며 계속 우리를 따라오라 한다. 너무 미안해서 감사하지만 내가 찾아가겠다 했다. 호텔에 아침 일찍 도착했는데도 객실 KEY를

하바롭스크역사

하바롭스크역 앞 아무르공원

시베리아의 영웅 '무라비요프 아무르스키':
동시베리아 총독으로 하바롭스크를 개척하였는데,
러시아 화폐(5000루블)에 그려져 있다.

준다. Check in은 오후 2시 이후인데도. 별도로 목욕 가운까지 방으로 보내준다. 식사를 하려고 호텔에 레스토랑을 추천해 달라고 하였더니 러시아 전통식당, 일식당, 유러피언 스타일의 식당 등을 알려준다. 러시아인의 친절은 계속 이어진다. 미술관에서, 박물관에서, 거리에서, 레스토랑에서 계속 그랬다. 감동이다. 누가 러시아인들을 무뚝뚝하다 했는가?

아트뮤지엄의 전시물들은 14c~18c의 작품들인데 유럽 미술관과 달리 가깝게 다가가서도 관람할 수 있게 작품 보호 라인도 없다. 명화들이 많은데 이를 느슨하게 관리하는 것 같아 걱정이 앞선다. 관람객은 가까이 접근할 수 있으니 좋겠지만. 그중 제일 좋았던 작품은 대전시실의 〈햇빛이 비치는 숲속 그림〉은 물 고인 웅덩이의 반사되는 풍경과 그림자까지 섬세하게 묘사한 작품인데 사실적으로 잘 그린 그림이었다.

재래시장에서 우연히 고려인이 하는 가게에서 채소와 과일을 샀다. 우리를 일본인으로 알고 말을 안 붙였다는데 같은 민족이라고 싸게 주시고 덤으로 '빨간 무(Radish)'도 주신다. 예순 살 넘은 여자 분인데 하바롭스크에서 태어났다고 한다. 한민족을 만날 때마다 반갑고 짠하다. 부디 건강하시라! 하고 헤어졌다.

아무르 강(중국에서는 헤이룽강, 몽골에서는 하라무렌이라 불리는 검은 강으로, '아무르'는 몽골어로 평화란 뜻이다.)은 바다 같이 넓다. '여러 강이 합쳐 평화의 뜻'을 가진 아무르 강물은 비가 와서 그런지 누런색이다. 배를 타고 20분 정도면 중국땅이라고 한다. 모래톱으로 이루어진 삼각주가 홍수로 강의 흐름이 바뀌면서 퇴적작용으로 러시아령이었던 두 섬이 중국 땅에 붙어 두 나라 간 영유권 시비로 최근까지도 분쟁이 있었다고 한다.

역에서 해변을 따라 약 3km인 중앙광장 – 콤소몰 광장 – 무라비요 – 아무르스까야 거리 – 레닌광장 – 칼 마르크스 도로 등으로 시내 중심가가 이루어졌다.

콤소몰광장 옆 공원의 승전기념비

김유천거리의 100년이 넘은 목재 가옥

시베리아 도시 거리에 한인 이름의 거리가 있다. '김유천 거리'를 방문했다(본명은 김유경인데 러시아표기가 잘못 읽혀 김유천으로 불린다고 한다). 목재의 전통 가옥들이 많이 남아있다. 얼마나 유명한 여인이었기에 소련의 거리에 그녀의 이름을 붙였을까? 김유천은 만저우리 – 하얼빈 – 블라디보스토크를 잇는 동청철도를 둘러싼 분쟁(러 – 중)에서 소대장으로 부하들이 쓰러져가는 참호에서 뛰쳐나와 돌격을 감행하다 생을 마감했다고 한다. 비록 조선의 독립을 위해 싸운 것은 아니지만 그녀 이름이 붙은 100년이 지난 거리를 내가 걷고 있다.

아무르 강을 굽어보는 언덕에는 김 알렉산드라 처형장소가 있다. 그는 한인 최초 볼셰비키 당원으로 시 소비에트 외무부장을 지냈는데, 내전 때 일본에 협조한 러시아 백군 사람들에게 붙잡혀 총살당한 후 아무르 강에 버려졌다고 한다. 그는 처형당하기 전,

조선 13개 도를 상징하는 13걸음을 걸은 뒤 "조국 13도에 행복이 깃들 날이 오고야 말 것이다! 조선의 자유 독립 만세! 전 세계 노동자들의 자유 만세!"를 외쳤다고 한다.

'카레이스키' 그들도 우리 민족이다. 나라 잃은 조국을 떠나 타국에서 비참하게 죽어야만 했던 그들을 생각하니 숙연해진다.

※ 김알렉산드라 처형장소인 언덕에는 우리가 느끼기에는 껄끄러운 기념비가 있다. 북한 김정일이 2001년 하바롭스크를 방문하여 아무르 강이 바라다보이는 '우초스' 언덕을 찾았다고 한다. 북한은 김

정일 방문 기념비를 당장 우초스 언덕에 세우고 싶었으나 러시아는 정치적 기념비를 13년이나 허가하지 않았다고 한다. 그러다 2013년 11월 10일 서울에서 열린 한·러 정상회담을 고비로 한국에 대한 러시아의 불신에 마침내 북한의 숙원을 들어주었다고 한다.

기념비 글귀는 "조선 노동당 총비서이시며 조선민주주의인민공화국 국방위원장이신 김정일 동지께서 2001년 8월 17일 하바롭스크를 방문하시었다."라고 적혀있다. 김정일 살아생전 방문한 기념비를 13년이나 지난 사후에야 건립할 수 있게 한 러시아의 속내는 어떤 메시지를 가지고 있을까?

이와는 다르지만 비슷한 사례가 우리나라에도 있다. 울산의 대왕암공원 입구 등 2곳에 "2016년 7월 28일 ○○○대통령이 여름 휴가를 맞아 방문하여 '걸으신' 곳"이라는 문구와 함께, 다섯 군데의 경로를 순서대로 표시하여 공원을 걷는 장면 사진을 넣은 안내문이 그것이다. 똑같은 것 같지만 다른 것 같기도 하고 그렇다.

19세기 후반부터 국제정세에 대한 조선의 無知(무지)와 無力(무력)의 결과 잘못된 판단으로 외세에 제대로 대응하지 못해 온 나라와 백성을 돌보지 못한 비극의 결과 국권을 상실하고 강제로 병합당한 국치를 잊어서는 안 될 것이다. 구한말 대신 이완용도 처음에는 충신이었다 하지 않는가? 나라를 위해 노력하다 안 되니 조정을 배신하고 일본의 앞잡이가 되었겠지만 사람은 무릇 신영복 선생의 말씀 따라 '처음처럼'이 중요하다. 초보 목자처럼 섬기는 자세, 초년정치가의 민의를 존중하는 마음, 변치 않는 첫사랑의 설렘, 반려동물에 대한 첫 돌봄….

背心(배심)! 마음에 새기고 또 새겨야 할 말이다. 조조는 상대방에게 배반을 당하는 것이 두려워 항상 먼저 배심을 가졌다 한다. 믿음과 의리를 저버릴 마음을 가진 사람에게는 신뢰라는 말이 가당치도 않다. 어지럽고 복잡한 세태에 賢者(현자)와 英雄(영웅)은 어디 있는가?

블라디보스토크에서도 하바롭스크에서도 거리를 누비는 차량는 거의 일본제 차량이다. 그것도 대부분 운전석이 오른쪽에 있는 것으로 보아 중고차를 수입한 것이다. 한국차량(몇백 대 중에 한 대 있을까?)이 드문 이유는 처음 수입했을 때의 품질이 혹한에 버티기가 힘들었다고 한다. 대신 매연이 풀풀 나는 버스는 한국산 중고자동차가 많다.

중·소 국경의 아무르 강

아무르 강 해변공원 옆에 위치한 극동국립그로데코바 박물관은 빨간 벽돌로 지어진 3층 이슬람 양식의 건물로 시베리아지역의 역사와 자연에 관한 자료들이 시대별 연도별로 잘 정리되어있다. 구석기 시대에서 신석기 시대까지의 생활방식에 관한 도구와 중, 소 영토전쟁 당시 모습과 주민들의 삶이 녹아있는 가옥에서부터 경작, 생활도구와 시대별 의복, 광범위한 식물과 지방에서 생산되는 광물, 공예품 등 자료가 방대하였다.

연해주지방에서 채취된 여러 종류의 광석까지, 옆 건물에는 시베리아 지방에 서식하는 모든 생물들이(물고기, 새, 설치류 등) 박제되어 있다. 특히 시베리아에 많이 서식하는 호랑이와 곰의 박제는 살아 움직이는 것 같다. 시내 건물에도 문장(紋章)을 붙여 놓았는데 '호랑이와 곰'을 형상화 한 것들이다.

박물관 안전요원 겸 안내자들은 나이가 많은 여자 시니어들이지만 유럽의 젊은 직원들보다 근무에 더 열심이다. 스마트폰을 보고 있지도 않고, 모여서 잡담도 안 한다. 전시물을 보고 있으면 설명도 하여주고 전시물 서랍도 열어보라 하고, 다음 전시장으로의 이동 경로도 알려준다. 고용 효과에 따른 소득창출도 있겠지만 피고용자의 생활안정과 건강, 소득

재분배 기능을 할 것이다. 모두가 평등하게 잘 사는 사회가 모토였던 사회주의 종주국답다.

러시아 정교회인 황금색 양파 지붕으로 된 아름다운 트랜스피구레이션 성당 가는 길 언덕에 명예의 광장이 있다. 검은색 큰 돌에 소비에트를 위해 전몰한 사람들과 그들의 영웅을 추모하기 위해 만든 장소인데, 거대한 규모에 놀라고 분위기에 숙연함을 느낀다. 제2차 세계대전에 참가해서 죽거나 실종된 극동군 32,662명의 이름이 반원형 모양의 대리석에 새겨져 있는데, 이 이름 중에는 우리 민족인 고려인의 이름도 있다. 러시아의 힘을 보는 것 같고, 국가를 위해 죽은 자들을 잊지 않고 기억하는 것이리라.

어제는 운항하지 않아 이용할 수 없었던 유람선이 날씨가 좋은 토요일이라 그런지 운항을 하여 이용할 수 있었다. 선상에 신나는 러시아음악과 요한 슈트라우스의 〈아름답고 푸른 도나우 강〉이 흐른다. 유람선은 5,000루블 지폐 뒷면을 장식하고 있는 시베리아횡단철도가 지나는 2층 구조로 된 아무르 강 철교(1층은 열차가 다니고 2층은 승용차 운행)까지 갔다가 되돌아온다. 삼각주 주변의 중국과의 국경까지 넘실대는 강물을 헤치고 달린다. 시베리아 동토에

소비에트를 위해 전몰한 자 들을 추모하는 명예의 광장

그로데코바 박물관 입구(향토박물관)

트랜스피구레이션 성당
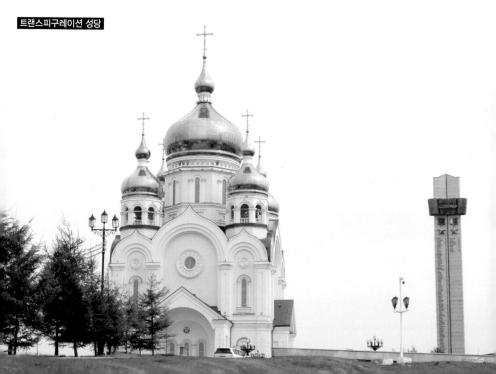

흐르는 젖줄 아무르 강, 신나기도 하고 애틋하기도 한 제목을 알 수 없는 음악의 선율이 여행객의 마음을 흔든다. 탁 트인 전망에 싱그러운 바람을 맞으며 유람선에 탄 사람들은 저마다의 생각에 잠긴다. 즐거운 생각이든 고민의 생각이든, 분위기에 젖는다. 행복한 사람은 더 행복하고, 그렇지 않은 사람은 더욱 고뇌에 찬 시간이다. 왜 배에서 듣는 음악은 더 신나기도, 더 애틋하기도 한 것일까? 음악에 따라 여러 생각에 젖는다. 신나는 러시아 음악이 흐르면 몸이 저절로 리듬을 탄다. 화끈한 러시아 클럽에서 부비부비하는 상상을 한다. 음악 주세요! QUE!

반면, 이바노비치의 〈도나우 강의 잔물결〉이 흐르면 대한해협에 몸을 던진 윤심덕의 〈사의 찬미〉가 생각난다. 허무와 염세로 가득 찬 노랫말이…

광막한 광야에 달리는 인생아~
너의 가는 곳 그 어데이냐~
쓸쓸한 세상 험악한 고해에~
너는 무엇을 찾으려 하느냐~

웃는 저 꽃과 우는 저 새들이~
그 운명이 모두 다 같구나~
삶에 열중한 가련한 인생아~
너는 칼 위에 춤추는 자로다~

레닌광장(좌측으로 김유천거리가 있다)

우스펜스키(성모승천사원)성당

눈물로 된 이 세상에 나 죽으면 고만일까 ~

행복 찾는 인생들아 너 찾는 건 허무~

(이래도 한평생 저래도 한평생

돈도 명예도 사랑도 다 싫다.)

올드한 여행객의 고루한 상념일까? 아니면 센티멘털리즘일까? 멜로디에 가사를 몇 번이고 되뇌었다.

도도하게 흐르는 강물같이 세월도 속절없이 흐른다. 시간을 붙잡을 순 없지만 세월의 변화와 더불어 삶의 흔적은 무엇일까? 삶의 기억창고 속에는 무엇을 담아야 하나? 누구나 세월을 거듭하는 것만으로 늙지 않고 이상을 잃어버릴 때 늙게 되는 것 아닌가?

흐르는 물처럼 늘 새롭게 마음이 콩닥 뛰는 낭만적인 삶을 살고 싶다.

아무르 강가의 낙조를 보려고 성모승천 대성당(우스펜스키 성당) 앞에서 기다리는데 종이 울리는 소리가 난다. 종탑을 바라보니 종루에서(7개의 종으로) 음악을 연주한다. 다른 성당과 달리 작은 종부터 점점 크게 일곱 개의 종이 있다. 이런 우연한 행운이 여행자에게 있을까?

하바롭스크의 교통체계는 차도에 신호등이 없고 횡단보도에만 신호등이 있다. 교통이 보행자 위주로 되어있는 것이다. 도로를 건너려고 횡단보도 앞에 서 있으면 모든 차량이 정차한다. 신호등은 녹색, 빨강 모두 마이

너스 카운트를 하여 다음 신호변경을 예고한다. 합리적인 시스템이다.

투숙하였던 호텔은 일본계 업체인데 체크아웃하고 택시를 탈 때 문까지 나와 차렷 자세로 환송 인사를 한다. 어제 투숙할 때도 체크인 전인데도 친절하게 해주고 아침 식사 할 때도 원하는 메뉴를 물어보고 주문할 수 있게 배려했다. S호텔 흥해라!

하바롭스크 역에 도착하여 안내데스크에 내가 타고 갈 001번 열차의 플랫폼을 문의했지만 직원이 잠깐 기다리라며 다른 곳과 전화통화를 하는데 계속 기다릴 수 없어 대합실을 둘러보러 다녔다. 한참 지났을까? 안내데스크의 직원이 발권창구의 여직원을 데리고 나를 찾아왔다. 그 직원이 "무엇을 도와줄까요?" 묻는다. "타고 갈 열차의 플랫폼을 알고 싶다"고 했더니, "열차 도착 30분 전에 전광판에 게시되는데 아마 ○○번 홈이 될 듯하다" 한다. 감동이다! 잘 알지도 못하는 여행자의 질문을 모르는 척하지 않고 나를 찾아 알려주다니. 조금 전에도 자동발권기 앞에서 기기를 보고 있었는데 경찰이 다가와 묻지도 않은 기기조작을 설명해 주었었다. 누가 로스케 경찰을 무섭다고 했는가?

시베리아횡단 001열차

하바롭스크에서 001열차를 탔다. 러시아 시베리아 횡단 열차의 종류는 크게 3가지로 되어있다.

- 열차번호 2자리는 장거리 고급열차로 1등석인 룩스(2인실), 2등석인 컴파트먼트(쿠페4인실), 3등석인 오픈 캐리지클라스 개방형(6인실) 등이 있다(2자리 번호 열차라고 모두 1등석을 운행하는 것은 아니다).
- 열차번호 3자리는 중, 장거리 열차
- 열차번호 4자리는 중, 단거리의 간선, 지선열차

내가 타고 갈 열차는 블라디보스토크 출발, 모스크바행 시베리아횡단 열차인데, 한국은 수도 서울에서 지방으로 가는 열차번호는 홀수이고 지방에서 서울로 오는 열차는 짝수인데 반해 러시아는 그 반대이다. 열차번호 숫자가 작을수록 고급이다. 블라디보스토크에서 타고 온 열차는 005열차이었는데 지금 타고 있는 001열차보다 시설이 더 좋았다. 아마 객실이 새로운 것인지 오래된 것인지의 차이인 것 같다. 요금도 열차마다 각각 다르다.

열차에는 한 칸에 2명의 승무원이 교대로 근무한다. 역에 열차가 정차하면 열차 출입문을 열고 계단을 내려 승객이 하차하도록 돕고, 여객의 승차권과 신분증을 대조한 후 승차를 하도록 한다. 한 칸의 차량에 객실이 9개인데, 승무원실, 방송실, 끝에 화장실 2개(항공기 화장실과 비슷하다.)가 있다. 승무원실 앞에는 항상 끓는 물이 비치되어 있어 컵라면이나 차 등을 마실 수 있고, 차장이 간단한 스낵류나 기념품을 판매한다. 차나 음식 또는 소프트드링크 등을 주문하면 식당에서 배달하여 준다. 식당의 판매원은 가끔 빵과 음료 등을 객실로 팔러 다닌다.

시베리아횡단열차

9개의 객실 중 하나는 승무원이 쓰고, 또 하나의 객실은 비품 및 침대 시트와 소모품을 보관하고 있다. 나머지 객실에는 상하 2개씩 침대가 있어 4명이 탈 수 있다. 객실은 캠핑카 같아서 침대를 벽으로 세우면 의자가 되어 앉아 책을 읽거나 식사를 할 수 있게 가변형이다. 또한 의자 겸 침대를 들어 올려 아래 빈 공간에 가방과 배낭 등을 보관할 수 있다.

기차 내부(2등실 쿠페 침대)

탁자에는 철도청 홍보잡지와 음료 및 식사 주문 안내서(벨을 누르면 승무원이 와서 주문을 받는다.), 철도기념품 팸플릿 등이 비치되어 있고, TV, 독서등, 차광막, 작은 주름커튼, 오디오, 침대 변신 의자, 작은 탁자 겸 식탁, 미닫이문 겸 큰 거울, 이층침대와 사다리, 출입문 위에는 이불 등을 넣을 수 있는 큰 벽장과 침대 옆에 소지품을 넣을 수 있는 작은 BOX, 전기콘센트, 옷걸이, 천장에는 실내등과 공조시설, 화재감지기, 창가 벽 아래에는 히터 등이 갖춰져 있다.

홍보잡지의 표지와 기사에는 온통 러시아 전승절(5월 9일)에 관한 승전 기념사진과 무공훈장을 주렁주렁 달고 있는 노병의 사진, 내용을 알 수 없는 기사들이다.

앞 침대의 부인은 짐을 풀자마자 탁자에 명함 크기의 ㄷ자형의 병풍 같은 이콘(러시아 정교회 상징인 예배용 화상으로 성상화)을 세워 놓았다. 절대자와 함께 여행을 하고 있는 셈이다. 독실한 크리스천이라 할까? 블라디보스토크에서 모스크바까지 일주일간 이 기차를 타고 간다고 한다. 부인이 서툰 영어로 영어 할 줄 아느냐고 묻더니만, 자기가 옷을 갈아 입을 테니 잠깐 뒤돌아 있으라고 한다. 기차 여행을 자주 하는지 탁자에 올려놓은 휴대품은 둥근 대접, 큰 컵, 숟가락, 큰 물병, 인스턴트 커피병, 탁상용 시계, 텀블러, 꿀, 마요네즈, 설탕이 들어있는 병, 먹을 것을 넣어 놓은 큰 병 2개, 비스킷 등이 있다. 이 외에 집에서 사용하던 긴 전깃줄의 3구 콘센트를 가져와 스마트폰을 충전하고 있다. 무료하면 태블릿 PC 로 전자 성경책을 읽거나 동영상을 보고 있다. 바늘과 실까지 휴대하고 가방의 고장 난 지퍼를 수선하기도 했다.

밤새도록 기차는 달리고 있다. 위도가 비슷해서인지 들판의 식물이 비슷비슷하다. 자작나무 숲이거나 늪지이거나 간혹 구릉이 있으면 침엽수가 보이기도 하고, 주택은 거의 판잣집인데 울타리와 기둥은 철도 침목을 이용한 것이고, 도로는 정비가 잘 안 되어 웅덩이가 있거나 진흙이 뒤섞여 있다.

이른 아침 정차한 역 철로 주변에는 조그마한 가게가 간단한 먹을거리로 손님을 맞이하고, 승무원은 전기 청소기로 열차의 바닥을 청소하고 화장실을 수시로 청결하게 하고 있다. 승무원실 앞에는 간단한 스낵을 비치하여 승객들에게 팔고 있다. 무료한 승객들은 복도에 나와 햇볕을 쐬거나 운동도 하고 전화도 한다.

기차가 커브를 돌 때면 원심력에 의해 한쪽으로 쏠리기도 하고, 좌우로 흔들리기도 한다. 어지러움을 느끼는 승객도 있겠지만 중, 고등학교 시절 기차통학 하던 생각도 나고 소달구지 뒤에서 매달리던 추억도 떠오른다. 고소하다고 해야 하나? 휙휙~ 지나는 밖의 풍경을 보면서 육중한 기차의 쇠바퀴가 철로를 구르면서 내는 소리의 리듬을 즐기고 있다. 덜그럭거리는 진동이 쇠바퀴 – 스프링 – 차체 – 실내바닥 – 의자 겸 침대를 통해 느껴진다. 해먹같이 약간 흔들흔들하는 기차에서의 움직임이 좋기만 하다. 철로 변 전봇대도, 가끔 덜컹거림도, 차창 밖의 풍경을 보며 뜨거운 홍차 한 잔을 마실 수 있는 분위기가 좋다.

복도에서 중년의 외국인이 반갑게 인사한다. S대학교 교수인데 이르쿠츠크에서 바이칼 호수를 관광하고 한국으로 돌아갈 예정이라 한다. 아내와 같이 여행 중이라 한다. 내가 인디아인이냐고 묻자, 출생지는 인디아이고 지금은 미국 시민권자인데 교환교수로 왔다고 한다. 철길 주변에는 며칠 전에 불이 났는지 가도 가도 새까만 잿빛이다. 산이 없고 모두 들판과 늪으로 자작나무와 소나무, 잡목이 다 불타버렸다. 마을까지.

AaGDAGACHI(마그다가치) 역에 정차 시간이 15분이다. 객실 승무원은 열차 내에서 청소도 하고 스낵류도 팔고 포트의 물 보충과 끓이기 등을 하다가 열차가 정차할 시간이 되면 승무원 정복에 코트를 입고 신분증을 가슴에 달고 하차 승객을 도와주고, 플랫폼에서 승차하는 승객의 기차표와 신분증을 확인한다. 플랫폼에서 사진을 촬영했더니, 군인이 다가와 촬영한 사진을 지우라고 한다. 내가 탄 객차는 2등실로 앞에는 식당 칸, 식당칸 앞은 2등실 그 앞에는 3등실로 구성되었다. 가격은 열차마다 다르지만 내가 타고 있는 열차는 3등실에 비해 가격이 약 2.8배 정도이다. 이외에 침대가 아닌 앉아서 가는 더 저렴한 객실이 있다. 우리는 2등실이어서인지 요구르트와 물, 스파게티와 빵 등이 제공되었다.

마르크스는 사라진 것이 아니라 흡수된 것

2층 침대의 러시아인 승객은 장거리 여행을 자주 하는지 뚜껑이 있는 큰 사각형 모양의 락앤락을 가지고 다닌다. 컵은 지름이 한 뼘 정도로 큰데 여기에 '밀'을 타거나 락앤락에 라면을 먹는다. 장거리의 무료함을 가로세로 낱말맞추기 퍼즐을 하고 있다. 단어 하나 맞출 때마다 즐거워서 시시덕거린다. 좋아서 뭐라 중얼거리기도 하지만 스마트폰만 들여다보는 젊은이들보다 좋게 보인다.

다른 객실도 그렇고 내가 탄 객실의 러시아 남자 공통점은 일단 침대에 있을 때는 누구나 상의는 탈의하는가 보다. 그들의 풍습인 듯하지만 민망할 때가 있다.

KARYMSKAYA 역에 18분 정차하는 동안 플랫폼에 있는 매점에서 빵과 과일을, 옆 노점에서는 아이스크림과 도넛 모양의 튀김감자가 들어있는 빵을 샀다. 노점상 소녀가 어디에서 왔느냐고 묻기에 한국에서 왔다고 하니, 한국을 좋아하는데

친구들도 한국 드라마를 보며 좋아한다고 웃는다. 위성방송을 본다고 한다. 언어가 불편하지만 얘기하는 것이 재미있다.

열차 식당에서 점심 겸 저녁 식사를 했다. 남자 조리사 1명, 여자 종업원 2명이 근무한다. 말은 통하지 않고 메뉴판을 보고 눈치껏 주문을 했다. 다행히 수프도 샐러드도 주메뉴도 입맛에 맞았다. 러시아 음식은 우리 음식과 비슷한 게 많다.

CHITA를 지나니 비로소 아스팔트 도로도 보이고 강도 호수도 있다. 그림 같은 풍경이 이어지고 또 이어진다. 고르바초프의 페레스트로이카 이후 31년, 공산주의 종주국 시베리아 열차에서 러시아 국영철도청이 선곡한 팝송을 들으며, 그들의 적국이었던 자본주의 상징인 콜라를 마신다. 초등학교 다닐 때 담벼락에 "잡아내자 오열" "때려잡자 공산당" 여학

기차 식당칸

생들 고무줄놀이할 때 "무찌르자 공산당" 노래, "불안에 떨지 말고 자수하여 광명 찾자"던 구호가 엊그제 같은데 햇볕에 바래고 달빛에 물들어 전설이 되고 역사는 흐른다.

시베리아 인민들의 삶은 볼셰비키 혁명 당시에 비해 얼마나 나아졌을까? 일부 지도자의 이데올로기 때문에 수많은 인민의 자유와 인권은 얼마나 억압되고 유린당했을까? 마르크스는 사라진 것이 아니라 흡수된 것으로 볼 수 있지만 한물간 사회주의가 답을 줄 수 있을까? 옛 공산당 큰 집에서 신들린 듯한 격렬한 배꼽춤을 추는 무희가 상상되는 인도음악도 흐르고, 무슬림음악도 흐른다. 신나는 디스코와 빌보드차트 순위 음악은 다 나온다. 모든 사상이 음악에 용해되어 흐른다.

5 / 17 (9일째)

데카브리스트의 못다 한 꿈을 이루어간 도시

이르쿠츠크에 가까이 다가갈수록 울창한 타이가 산림이다. 마을의 지붕은 경사 높게 지어져 눈이 많이 오는 지방임을 짐작게 한다. 기다란 담벼락에는 남미에서처럼 알 수 없는 글자도 아닌 낙서 같은 표식도 있고 이상한 그라피티도 그려져 있다.

새벽 6시 5분에 도착했다. 여행 일정을 짤 때 가능한 아침 일찍 도착하고, 그 도시를 떠날 때는 저녁 늦게 출발하는 교통편으로 예약하여 알찬 일정이 되도록 하고 있다.

이르쿠츠크 역에 도착하니 택시 기사들이 플랫폼까지 나와 호객행위를 한다. 승객 한 명을 5~6명의 택시기사가 둘러싼다. (강요하는 것 같아서) 이용하지 않는다고 하고 역사 밖으로 나가 黎明(여명)의 이르쿠츠크 역사 주변을 카메라에 담았다. 옆 객실에 탔던 교수와 부인 등 일행 3명은 누군가 마중 나온 승용차로 떠나고, 손님들이 뜸할 무렵 택시에 다가가니 다시 우르르 몰려든다. 플랫폼에서 호객하는 택시를 선택하지 않았던 것은 러시아에는 정식 허가를 받은 노란색 택시와 개인이 운영하는

자가용 택시가 있는데 안전을 위해 허가받은 택시를 타야 하는데 사람만 보고는 알 수 없어 그랬었다.

정식 택시기사한테 지도를 내밀며, 여기가 바그잘(역)인데 호텔은 #로 표기한 곳이다. 거리는 약 3km며, 가는 길은 노란색 형광펜으로 표기한 대로다. "빠 에따무 아드레쑤 빠좔스따!(이 주소로 가주세요!) 스꼴까 스미냐?(얼마예요?)" 물었다. 500루블이라 한다. 난 다시 300루블! 그들은 다시 350루블! 흥정 끝에 한 택시기사가 300루블에 데려다주기로 한다.

호텔에 6시 30분에 도착했다. 짐만 보관하고 새벽 관광을 할 수 없는 일이고, 아침 식사도 해야 하고, 기차에서 씻지도 못했는데 어찌해야 하나, 하고 있는데 호텔 리셉션 직원이 "지금 체크인 하실래요? 아니면 짐을 보관하신 후 오후 2시에 하실래요?" 묻는다.

"지금 체크인하면 가격은?" 하고 물었더니 약 1/5 가격만 더 지불하면 된다고 한다. 오! 이런 방법도 있었네! 편리하였다. 직원이 여권에 찍힌 마추픽추 스탬프를 보고 다녀왔느냐고 감탄한다.

이르쿠츠크는 바이칼 호 서쪽 앙가라 강과 이르쿠트 강의 합류지점에 위치하는데 샤머니즘의 고향이고, 실크로드를 따라 전해진 수많은 신화와 문학, 동양적 사상의 원천 바이칼을 가진 도시이고 '시베리아의 파리'라고 할 정도로 화려한 곳이다.

알렉산드르 1세 때 나폴레옹 전쟁에 참전하여 70만 대군을 패퇴시키고 파리까지 진격한 엘리트 귀족청년 러시아 장교들은 서구의 자유주의

우리 속담같이 '귀머거리 3년, 장님 3년, 벙어리 3년'을 표현하고 있다

소비에트시절 죄수를 잡아가는 동상

시내 전차

거리의 건물

바가야부레니에 사원(주현절 성당 Cathedral of Epiphany)
러시아정교회인데, 내부 벽화가 아름답다

사상에 영향을 받아 돌아왔다. 그들은 알렉산드르 1세가 죽은 후 왕위 계승 문제로 러시아 제국의 정치가 혼란해진 틈을 타, 황실의 부패에 대항하여 1825년 12월 26일 니콜라스 1세의 황제즉위식을 기해 군사 쿠데타를 시도했으나 실패했다. 그들은 결국 주모자 5명은 사형, 기타 고위 장교와 쿠데타에 동조한 귀족 116명이 유형에 처해졌는데, 이들이 바로 '12월 혁명당원'으로 서방에서는 데카브리스트라고 부른다(러시아어로 12월을 '데카브리'라고 한데서 유래한 명칭). 그 유형지가 바로 이르쿠츠크로 모스크바를 떠난 지식인들과 실패한 혁명가들의 못다 한 꿈을 품은 채 이들로부터 이 도시의 귀족문화가 시작되었다고 한다.

이르쿠츠크의 관광은 호텔에서 받은 지도의 녹색라인으로 표시된 표기만 따라가면 관광명소 30개소가 있다. 검은 바브르(현재 멸종한 호랑

카잔성당

스파스카야 러시아정교회(대부분의 이르쿠츠크 건물은 목조인데 돌로 지은 가장
오래된 건축물로 민속박물관으로 사용되고 있다)

이 종)가 붉은색 담비를 물고 있는 동상[이르쿠츠크주의 紋章(문장)]의 쇼핑타운과 카페거리, 앙가라 강변과 모스크바 개선문, 구세주 성당, 러시아 어디나 있는 조국을 위해 목숨을 바친 영웅들을 기리는 꺼지지 않는 불꽃은 키로프광장에 있는데 많은 어린 학생들이 체험 학습을 나와 있다.

미술전시관은 이르쿠츠크 출신의 작품을 전시하였는데 주로 알혼 섬, 몽골리아, 아제르바이잔의 풍경과 사진으로 구성되어 있다. 겨울의 알혼 섬 사진이 멋있었다. 호수의 얼음과 주위의 풍경을 담았는데 황홀과 신비, 그 자체였다. 앵글에 담은 추위와 영롱한 얼음의 결정체가 그렇게 아름다울 줄이야!

전시장의 해설 직원이 일일이 설명하여 준다. 너무 친절한 나머지 전시장 규칙이 사진촬영을 못 하게 되어있는데도, 다른 직원이 다가오니 그 직원을 못 오게 하고 사진을 찍을 수 있게 해주었다.

카잔 성당은 멋진 러시아 정교회 건물로 어느 성당보다 웅장하다. 겉모양의 양파 지붕을 크레용 같은 색으로 페인팅하여 화려하다. 정교회 성당은 유럽 성당같이 대리석이나 석조 건축이 아니고, 내부는 규모가 작아 이슬람 사원같이 기둥이 아예 없거나 있어도 직경이 작다. 유럽의 성당은 기둥 규모가 커서 둘레도 몇 아름이나 되는데 비해 작은 규모로 아담하다. 따라서 나 잡아봐라! 하는 술래잡기를 하면 금방 잡힐 것 같다 (감히 성당에서 불경한 상상을 하고 있다). 설교 탁자도 작은 규모이며,

성직자의 의자도 없다. 물론 신도가 앉는 의자도 없다. 내부에는 성물도 없으며, 하루 종일 향초를 켜 놓는다. 성직자는 매일 똑같은 옷을 입고 같은 행위를 반복한다. 둘러보니 고해성사를 하는 장소도 없다. 신도의 고민을 들어주지 않으니 신부님 근무(?)가 편할 것 같다. 다른 성당과 달리 내부에 성상이 없고 벽에 그림을 그렸거나 목판에 그린 그림으로 성화가 번득거리고, 여러 공간의 예배 방이 아예 없다. 성당 안에서 주교님께 인사하니 축복해 주신다. 주교님께서 퇴근길에 일일이 성당 성화에 입맞춤을 하고 성호를 긋는다. 성당 밖으로 나가서도 계속하신다.

카잔성당은 중앙시장에서 버스(마르쉬루트카)나 트람바이를 이용하여 가는데 요금은 15루블(270원)이다. 버스는 내릴 때 운전사에게 지불하고, 전차는 타고 있으면 차장이 다가와 티켓을 판매한다. 이르쿠츠크 공원에서는 전승절을 맞아 전사한 영웅들의 가족들이 살아있을 당시의 사진을 들고 모여 찍은 사진을 대형 걸개그림으로 제작하여 건물 벽에 걸어 놓았다. 민족의식 고취, 국가관 배양, 애국심 함양이라고 해야 하나? 공산주의의 냄새가 아직 덜 빠진 것 같다.

바이칼 호수를 건너 알혼 섬으로

중앙시장앞 전차

　새벽부터 비가 내리는데 배낭을 메고 중앙시장까지 이동하여, 바이칼 호에 가는 버스를 타기에는 번거로울 것 같아서 호텔로 pick-up을 부탁했다. 중앙시장의 버스정류장(유료 주차장)에서 중형버스에 14명의 승객을 싣고 출발했다. 비와 눈, 진눈깨비가 섞여 내리는 들판 길을 달린다. 진흙탕 길을 달리다 보면 차량이 헛바퀴를 돌며 앞으로 나가질 못한다. 동료 버스(각기 개인이 업주가 되어 운행하는 버스인데 열악한 환경 속에서 서로를 돕고 의지하며 살아가는 공동체 의식이랄까?)는 가다 말고 기다렸다가 U턴해서 같이 밀고 승객들도 내려서 밀어야 한다. 차량의 중량

유지 때문에 내리지 말라고 한 걸까? 다행히 나는 차에서 내려 진흙탕 속의 차량을 밀지 않았다. 마음속으로 나도 내리라고 하면 어쩌지? 하고 걱정했었다(새 운동화 신었는데, 진흙탕 속에 빠져버리면 어쩌지? 걱정이었다).

앞자리의 프랑스 부부는 우리가 한국인인 것을 알고 반가워하며, 가족의 앨범을 보여준다. 1991년에 2살, 4살의 한국인 어린이를 입양하여 키우고 있다며 6남매와 함께 찍은 가족사진을 보여준다. 손녀 색동옷 입은 사진도 보여주고, 운전석 앞 유리에 매달아 놓은 매듭을 보고 한국 전통 매듭 같다고 좋아한다. 프랑스 노르망디지방의 옹플뢰르에 산다고 하기에, 작년에 방문했었는데 경치가 좋았고 항구에 요트들이 많더라고 했더니, 자기도 요트를 가지고 있다고 하면서 즐거워했다. 진심으로 존경스러운 분들이다. 내 애들도 키우기 힘든데 외국인을 입양하여 훌륭하게 키우고 있다니.

바이칼 호수 가는 길은 도로 사정이 좋지 않아 롤러코스터를 타는 것같이 오르락내리락한다. 휴식시간 포함하여 250km를 5시간 정도 달려 알혼 섬이 보이는 바이칼 호수 작은 항구에 도착하여 승객이 탄 버스를 페리에 싣고 약 30분 정도 항해(한겨울 호수가 꽁꽁 얼었을 때는 버스가 호수 위로 운항하고, 얼음이 깊이 얼지 않았거나 녹는 봄에는 얼음이 깨져도 배처럼 사용할 수 있는 공기부양정인 호버크래프트를 이용하여 호수를 건넌다고 한다.)하여 알 혼섬 선착장에서 다시 버스로 후쥐르마을의 숙소까지 달린다. 바이칼 호는 겨울에 꽁꽁 얼어 자동차로 알혼 섬

알혼섬 후쥐르마을 숙소 내부 (온통 목재로 되어있다)

주변의 호수관광을 한다고 한다. '바이칼'은 원주민인 부랴트인의 언어로
'풍요로운 호수'를 뜻하는 말이라고 한다.

바이칼 호수가 시베리아의 푸른 눈이라면, 알혼 섬은 바이칼 호수의
심장이라고 한다.

숙소를 예약할 때 바우처에 홈스테드라고 되어있는데 알혼 섬에서 제
일 큰 숙소이다. 알혼 섬 전통적 가옥양식인 통나무집인데, 내부도 온통
목재와 러시안아트 문양 그림으로 꾸몄으며 집기들도 모두 목재 소재이
다. 도착 후 칭기즈칸이 묻혀있다는 전설의 부르한바위가 보이는 샤머니
즘 시초의 바위 성지인 솟대언덕에 올랐다. 예전에는 바이칼 호수 안에
는 누구도 들어올 수 없는 오지라서 샤먼들이 제사도 지내고 아픈 사람
의 병도 치유하고 모든 역할을 다 했다고 한다. 샤먼은 신과 인간의 중재
자로 부랴트인은 샤먼을 통해 신과 대면하고 자기의 소원을 빈다고 한다.
우리의 무당과 비슷하다고 할까?

사방이 탁 트인 언덕에 있어, 우리나라 마을 어귀나 고갯마루의 자연
석에 돌무더기를 쌓아 놓고, 청·홍·백·황·녹색 등의 오색 비단 헝겊을

부르한 바위: 징키스칸의 무덤이 그의 고향인 이곳에 묻혔다는 전설이 있다.

세르게: 솟대 비슷한 말뚝을 박아 놓은 신목인데 주민들이 제사를 지내고 기도를 한다.
땅과 하늘을 연결하는 통로 역할을 한다고….

잡아매고 나뭇가지를 꺾어놓거나 돈과 짚신 등을 달아놓고 소원성취를 바라는, 마을을 지키는 수호신(혼령)이 있는 신성한 영역인 원시신앙의 서낭당(성황당)보다는 스케일이 크다고 할까?

샤먼 바위에 오르니 우리의 토속신앙 솟대와 비슷한 나무에 형형색색의 오색찬란한 천 조각을 감아 놓았다. 13개의 나무 말뚝이 세워져 있다.

바이칼 호 알혼 섬의 부리야트 사람들은 이를 "세르게"라고 부른다. '신목'으로 말뚝이지만 지하의 신들이 오는 곳이라 한다. 주민들은 세르게에 기도를 할 때마다 헝겊을 묶는데 천들이 바람에 날리면 항상 기도하고 있는 것을 의미한다고 하며, 기도하고 좋은 기를 받아 간다고 한다.

세르게(신목)는 땅과 하늘을 연결하는 통로인 동시에 사람의 기도의 끝을 달아 놓은 곳! 각각 소원의 색이 담긴 리본을 묶어 걸고 기도를 한다. 울긋불긋한 기다란 천 조각은 '세멜가'라는 부적으로 우리 무속인 서낭당 비슷한 느낌이다. 멀리 바이칼 호수 건너편으로 산봉우리에 잔설이 쌓여있는 프리모르스키 산맥이 보인다.

바이칼 호수의 면적은 남한의 약 1/3 정도이고 전 세계 담수량의 20%(호수 중 1위)를 보유하며, 최대수심은 1,642m라고 한다. 섬 전체가 유네스코가 지정한 세계자연유산이다.

저녁 식사에 바이칼 호에만 산다는 물고기 '오물'(북극청어)을 숙소에 있는 식당에서 먹었는데 말려 구운(훈제) 고기도 팔고 있다. 민물고기라 그런지 약간 싱거운 맛이었다.

우아직을 타고 목숨을 건 투어

새벽잠에서 막 깨자마자 쌀쌀한 바이칼 호를 둘러봤다. 동녘 하늘엔 먼동이 떠오르고 물안개가 나지막하게 낀 호수의 풍경은 정적과 더불어 한 폭의 산수화처럼 운치를 더한다.

우아직이라 불리는 봉고차를 타고 알혼 섬 북부투어를 했다. 출발 전에 운전사가 맨 앞쪽 조수석에 앉으면 사진 찍기 좋으니 앉으라고 권한다. 차량에 동승한 사람들은 바이칼 호에서 호수욕을 하겠다는 브라질과 잉글랜드 청년, 6개월째 여행하고 있는 스위스 연인, 2개월의 여행계획 중 한 달째 여행 중인 프랑스 노부부, 그리고 타이완과 홍콩에서 온 청년, 우리 부부 등 10명이다. 우아직은 사륜구동차인데 연료주입구가 자동차 양쪽에 있다. 후지르마을을 출발하여 사라이스키 해변을 지나 누르간스카야 구바만과 알혼 섬 가장 북쪽에 있는 하보이 곶까지 갔다.

어제 비가 내린 알혼 섬을 달린다. 침엽수림인 타이가(taiga)로 덮인 원시림을 헤치고 진흙과 모래로 이루어진 오프로드를 달린다. 길이 따로 없다. 자동차는 도로로 가야 하는데 우아직이 가는 길은 길이 아니다. 원래 길이 없었던 땅에 차가 다니면 길이 되는 것이다. 비가 내리기라도 하면 지금까지 다녔던 길이 진흙탕이(마른 날이면 먼짓길) 되어, 다음 자동차는 또 다른 길을 만든다. 들판이나 산속으로 가면 길이 만들어지는 것이다. 진흙탕에 빠지고 차가 기울어 탑승자 모두 내려 차를 바로

알혼섬 관광교통 수단인 우아직

세우고 밀어서 가곤 했다. 원시림 숲 속을 경험한다. 해안가 바위와 절벽의 멋진 풍경에 감탄의 연속이지만 오늘 천국과 지옥을 수없이 왔다 갔다 했다. 놀이공원의 자이로드롭과 우든 롤러코스터는 정해진 궤도를 순간만 지나면 된다. 사고가 날 확률도 거의 없어 괜찮다 하며 자기최면을 잠깐 걸면 스릴 넘치는 즐거운 추억이 되겠지만, 우아직을 탄 우리 목숨은 오로지 운전자에 달렸다. 볼리비아 모래사막 이따까마보다 더한 언덕의 급경사를 허름한 차로 오르락내르락 곡예를 한다. 차량을 이용한 알혼 섬 투어는 익사이팅이 아니라 목숨을 건 투어다! 적당한 서스펜스는 좋지만 길이 아닌 진흙의 수렁과 절벽에서… 위험한 짓을 수도 없이 했다. 버스의 맨 앞좌석에 앉아서 간담이 서늘하고 마음을 졸였다. 운전사가 위대해 보인다. 사고 없이 무사히 투어를 끝내고 내가 그랬다. "신사 숙녀 여러분! 베스트 드라이버를 '블라드미르 푸틴'의 운전사로 추천합니다." 그의 이름은 '알렉산더 샤샤!' 가슴 졸이고 고생한 만큼 새로운 것을 보고 즐길 수 있었다.

어둠에 잠긴 알혼 섬! 이름 모를 짐승의 포효하는 소리와 함께 밤하늘에서 은하수가 쏟아진다. 북두칠성이 한국에선 북쪽 하늘에서 볼 수 있었는데, 알혼 섬에서는 바로 머리 위에 있다.

알혼섬에서 바이칼 호수건너 프리모스키 산맥이 보인다.

부서진 선착장

야생 야크

알혼섬

알혼섬

바위문

알혼섬에서 중간에 점심 먹을 요리를 한다.

알혼섬의 부서진 선착장

알혼 섬 국립공원과 카페 비스트로

어제 알혼 섬 남부투어를 예약하려고 했는데 출발 최소인원이 5명으로, 우리 부부까지 3명이라 출발할 수 없다고 하여, 둘이서 배낭 메고 진정한 알혼 섬 탐험을 하기로 하고 숙소를 나섰다. 조그만 후지르마을의 중심지엔 중국인들을 겨냥한 디스코 바, 상점 등이 즐비하다. 목재가 흔하여 초등학교의 미끄럼틀과 축구장의 관중 스탠드도 목재로 되어있다.

국립공원을 가기로 하고 찾아가는데 공원입구와 티켓을 파는 국립공원 사무소가 서로 500미터쯤 떨어진 반대편에 있다. 사무소 간판을 보고 찾아가니 목재가 쌓여있는 제재소 뒤편 조그마한 사무실이 국립공원 관리사무소였다. 티켓도 B5 크기의 용지에 수기로 적어준다. 무슨 증명서 같다. 인적사항을 적어 겉장을 돌려준다(90루블). 공원지도를 요구하니 없다고 한다. 언어도 통하지 않는 곳에서 넓디넓은 국립공원을 지도 없이 간다니? 할 수 없이 공원 설명(알아들을 수 없는 빠른 러시아어로)을 대충 듣고 출발하였다.

알혼섬 국립공원 사무소 입구

알혼 초등학교 나무로 만든 미끄럼틀

가보니 공원입구 표시도 없고, 입장권 받는 GATE도 없다(입장권을 구입하지 않아도 갈 수 있었다. 괜히 입장권 산다고 왕복 1km 이상을 걷고, 사무소에 직원이 없어 나무를 쌓아놓은 목재소 내부를 한참을 찾아다녔다). 울창한 숲을 지나 전망대 가는 길에는 이정표는 없고, 가면 안 되는 길을 금지하는 팻말만 있다. 금지된 곳에는 가지 말고, 다른 곳은 모두 갈 수 있다는 선진 네거티브 방식이다(맘에 든다. 위험하고 별볼 일 없는 곳 말고는 어디든 맘대로 다녀도 좋다는 자유로운 하이킹이다). 넓디넓은 알혼 섬 국립공원! 태고의 원시림에는 우리 부부뿐이다. 하나라도 더 볼 욕심으로 원시림을 지나 알혼 섬의 정상에 올랐다. 섬과 마을을 모두 볼 수 있고 멀리 다른 호수의 섬들이 보인다. 산은 모래로 덮여있는 곳이 많다. 모래 산이 된 것은 지각작용으로 호수가 융기 또는 침강작용으로 그렇게 되지 않았을까?

산에서 내려오는 길은 나무가 없는 평원을 지나 호숫가를 따라 걸었다. 기다란 호숫가에는 바다같이 파도가 일렁인다. 모래사장이 기다랗게 형성되어있다. 모래 언덕도 있고.

항구에는 한때 호수에서 고기도 잡고 사람도 실어 날랐을 배가 폐선이 되어 고물로 방치되어 있는데 누군가 멋진 솜씨로 그라피티를 하였다. 폐선에서 장 여사를 모델로 패션화보 촬영 흉내를 냈다.

(준비하시고~)

액션!

큐!

항구에서 어제 알혼 섬 북부투어를 같이 했던 프랑스 부부를 만났다. 우아직을 타고 섬을 돌아볼 때 매번 위험한 상황에 너무 긴장하였던지라 피곤하여 외출을 못 하고 쉬고 있다가 늦게 나왔다고 한다.

마을 번화가 레스토랑에서 패티(러시아식 큰 만두 튀김)를 먹고 싶었는데 시즌이 아니어서인지 대부분 문을 닫았고, 문을 열었어도 음식준비가 안 되는지 주문을 받지 않았다. 할 수 없이 늦은 식사를 숙소의 레스토랑 BISTRO FRANCE에

숙소내 레스토랑 BISTRO

서 했다. 조금 전 항구에서 만났던 파리 부부가 구경한다고 들어와서는 러시아풍의 실내장식을 보며 러시안스타일이 좋다며 연신 사진을 찍으며 아름답다는 말을 한다. 수다스럽기도 하고, 염치가 없는 것 같기도 하고…. 아이스크림이나 음료수 한잔 주문하지도 않고 나가버린다.

알혼섬 선착장

＊ 알혼 섬의 카페 주인이 '비스트로 프랑스'의 뜻을 알고 이름을 지었을까? 비스트로는 알렉산더 황제의 러시아군대가 주둔하게 된 파리에 홍차 붐이 일었고, 많은 카페는 러시아어로 '빨리빨리'라는 뜻의 간판으로 바꿨는데, 카페에 출입하는 군인들에게 빨리 홍차를 마시고 가라고 지어진 데서 유래했다 한다. 또 다른 이야기로는 나폴레옹 전쟁 때 러시아 병사들이 프랑스군을 섬멸하는 데 식사시간을 허비하고 싶지 않아 파리의 식당에서 비스트로! 비스트로!(빨리빨리)를 외쳤고, 이 때문에 파리 거리의 노점식당들이 비스트로라고 불리게 되었다는 설이 있다. 오늘의 인스턴트 패스트푸드 원조라 할까? 아무튼 러시아어의 형용사 '빨리빨리'가 프랑스어 카페라는 명사가 되었다.

카페에서 일하는 종업원 '지마'가 동·서 한국은 큰 스피커를 통해 방송을 하고 곧 전쟁이 일어난다고 언론에서 그러던데 어떠냐고 묻는다. 아울러 '한국은 왜 동족 간의 관계를 스스로 풀어나가지 않고 주변국에 해달라고 요구하느냐?'며 의아해한다. 한국은 동·서가 아닌 남과 북으로 나뉘었으며 곧 전쟁이 일어날 것이라는 방송은 잘못된 보도라고 알려줬다. (비무장지대 폭이 4km인데 확성기 방송의 도달거리가 최대 3km인 것을 그들은 알고 있었을까? 그나마 확충하는 방송장비가 특혜의혹과 성능미달 의혹이 있다는 언론보도를 '지마'가 모르기 바라면서 동족끼리의 대립이 부끄러웠다. 적국이 수소폭탄 비슷한 실험 하면 그쪽을 향하여 확성기로 고성방가하는 것이 창조국방이냐고 묻지 않은 것이 다행이다.)

러시아 도처의 꺼지지 않는 불꽃을 보면서, 산화한 이름 모를 군인들을 생각하면서, 항상 전쟁은 늙은 정치가가 일으키고 죽음은 젊은이를 데려간다는 말을 실감하고는 했다. 진전이 없는 말의 평화잔치는 언제 멈출 것인가?

알혼 섬은 성수기를 대비하여 숙박시설과 상점 등을 엄청 확장하고 있다. 인구 1,500명의 마을이 온통 공사판이다. 조금이라도 덜 북적댈 때 방문하길 다행이다. 성수기에는 제대로 투어를 할 수 있을까 걱정이 된다.

알혼 섬은 일 년에 4개월(5월 말부터 9월까지)은 관광하기에 좋고, 나머지 기간은 추운 날씨로 찾는 사람이 많지 않다고 한다. 알혼 섬 방문객의 90% 이상이 여름철에 방문한다고 하며, 10월 초부터 바이칼 호수에 눈이 내리고 11월이면 호수가 얼기 시작하여 다음 해 4월에야 녹기 시작한다고 한다.

인원 미달로 투어회사를 이용할 수 없었던 것이 오히려 둘만의 오롯한 낭만의 시간을 보내고, 알찬 트레킹을 할 수 있었던 알혼 섬의 하루였다. 이보다 더 좋을 수 없다.

꼼나띄 옷띄하

숙소 식당에서 만날 때마다 (한국말로) '맛있게 드세요, 감사합니다!'라고 말하는 사람이 있다. 식당 주인인지 아니면 숙박시설과 관련 있는 사람 같은데, 다른 우리말은 전혀 못 하고 이 말만 되풀이한다. 그러나 즐겁다. 누군가 우리에게 관심을 보여준다는 것이 재밌기도 하다. 아침 식사 때 식당 종업원들에게 그동안 고마웠고 음식 맛이 좋았다고 인사했다.

알혼섬의 관광 안내소

알혼섬으로 가는 선착장

알혼 섬에서 이르쿠츠크행 버스를 탔다. 20인승 중형 버스인데 운송회사에서 운영하는 버스가 아니라 개인이 운영하는 차인데, 숙소에 신청할 때 150루블을, 승차할 때 운전기사에게 700루블을 지불한다(정규노선의 교통수단이 없어 주민들도 같이 이용한다. 알혼 섬에 올 때 주민 한 사람을 내려준다고 항구 부근의 꼬불꼬불한 험한 길을 한참을 돌고 돌며 장시간에 걸쳐 운행했다). 자갈길, 아스팔트길, 진흙길을 달린다. 먼지가 풀풀 나는 길을 경주하듯 엄청난 속도로 달리는 내내 승객은 긴장하고 있어야 한다. 언제 웅덩이를 지날지 또는 볼록 튀어나온 도로를 지날지 모르기 때문이다. 덜커덕하고 공중그네를 탈 마음가짐을 하고 준비해 있어야 한다. 허리 상태가 좋지 않거나, 체력이 약하거나, 멀미를 하는 여행자는 고려해야 할 조건이다. 무사하길 바랄 뿐이다. 만약 사고가 나면 몸 다치고 보상도 난감한 상황이 될 게 뻔하다.

이르쿠츠크 시내버스
(한국에서 수입한 중고차)

이르쿠츠크에는 모스크바행 열차 출발 9시간 전에 도착했다. 버스터미널에서 이르쿠츠크 역까지 택시로 이동하여 역사 내 레스토랑에서 간단하게 식사를 하고 역사 2층에 위치한 꼼나띄 옷띄하에 갔다. 러시아는 철도가 발달해 있어 장거리 승객을 위해 휴식시설이 마련되어있다. 국영 러시아철도회사가 운영하는 것으로 24시간 이내에서 이용할 수 있는데 8시간 사용료를 지불했다. 내부 시설은 전자레인지, 오븐, 전기 주전자, 냉장고, 냉온 급수시설과 차와 간단한 음식을 조리하여 먹을 수 있는 부엌, 욕실, 당구와 탁구장, 휴게실 등이 갖추어져 있다. 방은 1인실, 2인실, 다인실(남녀 분리, 혼용 등)로 구성되어 있다.

꼼나띠 옷띠하   이르쿠츠크 역사내 표사는 곳

　처음 계획에는 모스크바행 열차는 알혼 섬에서 돌아와 하루를 더 이르쿠츠크에서 숙박하고 다음 날 아침 출발하는 것으로 계획하고 호텔을 예약했었는데 차질이 생겼다. 러시아 철도는 출발 45일 전부터 기차표를 예매할 수 있고 출발 전 46~60일 기간의 열차운행 시간표를 홈페이지에 공지하게 되어있다. 홈페이지에 이 기간 시간표 공지가 계속 안 되고 있어, 열차시간표가 바뀌지 않겠지, 생각하고 호텔을 예약했었는데, 막상 열차 예약 시점인 45일 전 시간표에는 내가 타고 가야 할 열차가 운행을 하지 않는 것이다. 이런~ 난감한 상황이 벌어졌다. 문제는, 도착하는 날 저녁 7시에 볼쇼이 서커스를 예약했기 때문이다. 그것도 제일 비싼 맨 앞 가운데 좌석인데…. 계획대로라면 모스크바에 새벽 6시 도착하여 관광을 하고, 느긋하게 관람 장소로 이동할 텐데, 할 수 없이 호텔을 취소하고 처음 계획보다 6시간 일찍 출발하여 5시간 늦게 도착하는 기차표를 예매했었다. 예매한 기차표를 확인하는 과정에서 가슴이 덜컥하고 놀라기도 했다. 분명 예매한 내역은 맞는데 내가 타고 갈 열차번호를 확인하니 없다. 몇 번을 확인해도. 그런데 같은 시간에 출발하는 다른 열차번호의 기차가 있었다. 예매한 기차는 블라디보스토크에서 출발하는 열차인

데 차표가 매진되었고, 몽골 울란바토르에서 출발하여 이르쿠츠크에서 합류하는 기차표는 좌석이 남아있어 그랬던가 보다.

　대합실 의자 바로 뒤에서 북한 말씨가 들린다. 외화벌이를 하고 있는 벌목공과 건설노동자들 같은데 동지들을 마중 나왔나 보다. 간혹 북한 사람들을 역 플랫폼에서(연해주 일대에 북한 근로자1~2만 명이 있다고 한다.) 마주치기도 하지만 먼 외국인 같이 느껴진다. 정녕 우리 동포들인데 학습의 효과일까? 반갑지만은 않다. 서로의 가슴에 총부리를 겨눠서 일까? 그들과 나와는 상관없이 분단된 한반도의 남북 대립과 정치인들의 이데올로기 때문일까? 우리 사회를 구성해온 이데올로기는 남북한을 분류, 분화시키고 핵심적 가치를 잃은 통치 이데올로기로 전락하지 아니하였나? 북한 인민은 선군정치와 사회주의적 강성대국의 미명 아래 그들의 삶은 어떤가? 진정한 자유, 공평, 평등과 정의는? 나와는 관계없는 정치철학에 관한 idea(이데아)이지만 옛 소련땅 이르쿠츠크에서 마르크스주의자 레닌이 이상적으로 생각했던 계급 없는 사회주의공화국의 몰락된 현상을 보며 상념에 잠긴다.

시베리아 철로 변의 산불

철로 주변의 나무는 자작나무와 적송이 많은는데 대부분 나무 밑이 검게 그을려 있다. 어떤 나무들은 큰 나무의 중간까지도 그을렸다. 궁금해서 앞에 있는 러시아인에게 물었더니 나쁜 사람들이 불을 질러 그렇다고 한다. 달리는 기차 안에서도 선로 주변이 불에 타고 있는 것을 여러 번 보았다. 산불이 나면 산 전체가 타야 하는데 일부 지역의 나무 밑 부분만 탄 것이다. 특히나 여름인 7월 중순부터는 크고 작은 산불이 발생하는데 일부 산불은 두 달간이나 지속되기도 한다고 한다. 냉대 지역인 시베리아의 기온이 상승하면서 수목이 말라붙어 불길이 빨리 번지고, 쉽게 진화하기 어려워 큰 산불이 된다 한다.

전나무 소나무 등이 빽빽한 러시아의 타이가는 전 세계 숲의 5분의 1을 차지하는데 단일 숲으로 세계에서 가장 면적이 넓은 시베리아 지역의 침엽수림은 탄소를 흡수하고 산소를 내뿜어 "유럽의 허파"로 불리 운다. 1년에 남한의 3분의 1에 해당하는 면적이 산불로 훼손된다고 하니 안타깝기만 하다…. (타이가: 시베리아에서 툰드라의 남쪽에 접한 우랄산맥에서 오호츠크 해에 이르는 침엽수 산림지대를 가리키는 러시아어로, 대개 북반구 냉대 지역에 분포하는 침엽수림 전체를 지칭하는 말로 사용된다. 곧게 뻗은 전나무, 소나무 등 매우 단순한 상록침엽수가 자라고 지면은 습기가 많은 편이다.)

시베리아횡단 철로변 숲이 불타고 있다

노란수선화 군락지

습지가 많아 아래쪽 잡풀만 타고 나무는 껍질만 탄 것이다. 일부 숲은 주변에 방화도로를 뒤늦게 개설하여 놓기도 하였지만, 죽어있거나 혹은 살아있더라도 성장이 멈춘 나무들이다. 침엽수도 기온이 그다지 높지 않아 송진의 함유량이 적어서 그런지 마찬가지다.

이르쿠츠크까지는 숲에 진달래가 많았는데 벗어나니 노란 수선화의 군락지가 펼쳐지고, 주변에는 목재 가공공장이 많아진다. 같은 방의 젊은 러시아인 2명은 이르쿠츠크에서 약 15시간을 지나 칸스크 에니스(Kansk Enis) 역에서 내리는데 노동자로 일하러 간다고 하였다. 불에 탄 나무는 죽지 않고 자라더라도 목재로서 가치가 없을 것 같다. 껍질과 체관부까지 불에 타 새까맣게 되었으니 영양공급을 충분하게 하지 못해 나무성장이 멈출 것 같기 때문이다. 산불에 탄 나무가 서서히 죽어 가면 이를 개간하여 경작하는 우리의 옛 화전민 방식과 비슷하다. 나무 수확은 수십 년을 기다려야 하지만 화전을 일구어 경작하면 매년 수확을 기대할 수 있으니 그런가 보다. 공산주의 시절에는 일사불란하게 통제가 되어 어쩔 수 없었겠지만 지금은 노동력과 노력이 부를 일굴 수 있으니 불타는 숲은 늘어만 간다.

기차 식당에서 주문을 하는데 종업원이 나이가 든 시니어이다. 메뉴를 보고 주문하는데 메뉴판이 잘 안 보이는지 눈을 찡그리고 본다. 러시아 정부의 고용정책에 대해 잘 알 수는 없으나 공공기관에서 근무하는 사람 중에는 나이 든 사람이 많이 있다. 박물관, 전시장, 국영철도청 등, 좋은 정책이지 싶다.

열차가 오래되어서 그런지 커브를 돌 때면 좌우 롤링이 심하여 놀이공원에서 기구를 탄 것 같은 기분이다. 가끔 덜커덩하고 추임새도 넣어준다.

붉은 노을의 시베리아 석양이 서쪽 하늘을 물들이고 봄의 나르시스 수선화가 시베리아를 잊지 마세요 하는 듯 노란 손을 흔들거리고 있다.

우랄 산맥을 지나

노보시비르스크에 07시 11분에 도착했다. 러시아에서 3번째 큰 도시로 '새로운 시베리아의 도시'라는 뜻의 노보시비르스크 역에서 58분 정차한다. 역 앞 광장과 승강장은 출근 시간이라 인접 도시에서 전철로 많은 승객이 내려 붐빈다. 대합실은 본선, 지선, 간선 등으로 따로 구분되어 있다.

내가 타고 있는 기차는 18량으로 구성되어 있다. 3량이 동력차량이고 앞에서부터 좌석차량, 3등 침대차, 식당차, 2등 침대차량으로 구성되었다. 객차 1량에 승무원 2명이 근무한다. 내가 탄 2등 침대차는 9개의 객실이 있는데 승무원 침실 및 휴식공간, 침대 시트 등 물품창고이고, 나머지 6개 객실이 승객용으로 총 24명이 이용할 수 있다. 중간역에서 수시로 내렸다 탔다 하며, 장거리 여객은 많지 않은 편이다.

식당차에서 식사할 때 식당 종업원이 봉투에 승무원들의 점심을 담아 배달 준비를 하고 있다. 승무원이 약 40명 정도 된다. 식당차 운영 이유가 승객들에게 식사 및 음료와 주류 판매 이외에 승무원의 식사 제공 역할도 있는 것이다. 노보시비르스크에서 어깨에 별과 붉은 명찰을 한 두 명이 승차했다. 이들은 비어있는 객실로 안내되고 이어 승무원 감독이 서류를 한 아름 가지고 들어간다. 차와 간식도 다른 승무원을 통해 들여보내고, 철도청 감사관으로 보인다.

노보시비르스크역

모피와 털모자 샤프카를 팔고있는 상인

기차내에 있는 '삐에치카'
(항상 끓는 물이 준비되어 있다.)

기차가 도착하면 상인들이 몰려든다.

바라빈스크 역사내 상점

바라빈스크 역사

　기차가 바라빈스크(Barabinck)에 도착하자 플랫폼에는 물고기 말린
것, 빵, 빈대떡, 러시아 털모자인 샤프카(일명 프린세스 털모자), 털목도
리 등을 판매하는 상인과 꽃씨, 구근류 등을 판매하는 상인 등으로 북
적인다. 판매하는 상인의 복장이 색깔만 다르지 디자인은 같다. 철도청
의 허가를 받아 판매하는 것 같다(먹거리이기 때문에 위생과 식중독을
고려하여 통제하는 것이 아닌가 생각된다).

　점점 서쪽으로 다가갈수록 대평원이 나타난다. 극동지역이 농사를 지
을 수 없는 동토의 평원이라면 우랄 산맥을 지난 서쪽의 평원은 비옥한
땅인 것을 알 수 있다. 주변에 울창한 산림과 물이 흐르는 냇가와 마을
이 많이 나타난다. 마을 주택에는 모두 텃밭이 있고 온실이 있다. 어제는
일요일 이어서인지 철도 변 냇가에는 가족단위의 소풍객이 나와 승용차
를 주차해 놓고 낚시도 하고 운동도 하고 애들은 물웅덩이에서 멱을 감

고 그랬다. 어릴 적 우리와 비슷하다. 불과 2~3일 사이인데 노란 민들레 꽃이 지고 하얀 꽃씨가 날리고 있다.

9,288㎞를 161시간 49분 달리다

정차하는 역사마다 옛 증기기관차, 초기의 전동차와 전기철도 차량 등을 전시하여 놓았다. 우린 의왕철도박물관에나 가야 볼 수 있으니 안타깝다. 중·고등학교 시절 기차 통학할 때 증기기관차에 터기○○○, 미카△△△ 라고 쓰인 칙칙폭폭 하얀 연기를 내뿜었던 정겨운 기관차와 리나라

에 처음 등장한 검은색 바탕에 빨갛고 노란 페인트를 칠한 디젤전기기관차로 미국 성조기를 바탕으로 악수하는 그림과 함께 "받드는 미국의 힘"이라고 쓰인, 증기 기적 대신 전자나팔이 달린 디젤기관차는 다 어떻게 되었을까? 불과 몇십 년 전 것도 보존이 안 되고 있다. 정부기관도 그렇지만 민간기업인 자동차회사도 자기회사에서 생산한 첫 모델의 자동차도 없다니 안타깝다.

　역마다 공항 관제탑 또는 옛 소방서 망루 같은 높은 건물이 있다. 아마 통신시설이 발달하지 않은 시기에 기차의 역사 진입을 감시하기 위한 것이지 싶다. 러시아 철도 건널목이 우리와 다른 점은 차단 장치가 내려오면서 동시에 도로 바닥에서 철판으로 된 경사진 장애물이 솟아올라 아예 차량의 진입을 불가능하게 하여 사고를 방지할 수 있게 되어있다.

　내일이면 시베리아 철도횡단이 끝난다. 1916년에 개통된 시베리아횡단열차를 100년이 지난 오늘 블라디보스토크에서 9,288km를 161시간 49분 달려 모스크바 야로슬라프스끼 바그잘에 도착한다. 자작나무 사이로 아시아에서 유럽으로, 아무르 강과 바이칼 호를 건너고 우랄 산맥을 넘어… 엄동설한에 고려인을 화물차에 태워 강제로 중앙아시아로 이주시켰던 낯선 땅 척박한 땅을 지나 유라시아 대륙의 끝에서 시작으로, 기차

철도침목과 레일을 조립하여 공사를 빨리 할 수 있게 준비된 철도차량

시베리아에서 벌목 된 목제

를 타고 오는 동안 시간대가 7번이나 바뀌었다. 큰 역사마다 벽돌로 지어
진 수천 명을 수용했음 직한 창문도 없고 입구만 있는 수백 채의 막사가
지금도 남아있다. 시베리아 철도건설에 강제 동원되었던 죄수였거나 노역
자를 수용한 시설이리라. 피와 땀과 인권유린의 한으로 건설된 시베리아
횡단철도를 타는 내내 숙연한 마음 함께하였다.

사랑을 위한 결투로 목숨을 잃은 사나이, 푸시킨

숙소에 체크인 시각보다 2시간 전에 도착했는데 리셉션 직원에게 모스크바 인상에 대해 칭찬하면서 테이블을 보니 '에쎄'담배가 있어 그 담배가 한국산이라고 했더니 기분 좋아하며 Room Key를 준다. 2시간 봐준다면서. Thanks!

아르바트 거리로 문화예술의 거리

숙소가 번화가인 구 아르바트 거리에 있어 가까운 '빅토르 최' 추모벽을 갔다. 주변은 새롭게 개발을 하였지만 이곳만큼은 헐어버리지 않고 원래 그 모습 그대로를 보존하고 있다. 그가 무명시절에 노래를 불렀다는 곳이다.

러시아 Rock&Roll '최후의 영웅' 빅토르 최 추모벽

'빅토르 최'는 고려인 3세 출신의 러시아 최초의 록 가수로 고르바초프의 페레스트로이카 정책이 시행되면서 격변 속에 놓인 구소련 젊은이들의 심장을 뒤흔들었던 '록 음악의 전설' 록 그룹 KINO를 결성한 소비에트연방의 최고 가수였다는데 라트비아 리가에서 의혹의 자동차 사고로 28세의 젊은 나이에 요절하였다고 한다.

빅토르 최 사후에 태어나 그를 본 적도 없는 현재의 20~30대 러시아 젊은이들도 그의 음악을 저장해 놓고 듣는다. 상트페테르부르크 공원에 있는 묘지를 관리하는 팬클럽도 있다. 그의 음악을 재조명해서 세계적으로 알림과 함께 한국과 러시아 간 유대를 돈독히 하기 위한, '한·러 빅토르 최 기념사업회'가 2016년 10월 창립했고, 창립축하 음악회에 맞춰 그의 부친 로베르트 막시모비치 최가 방한했다. 대한민국 영웅에서 러시아 영웅으로 바뀐 유명한 소치동계올림픽 금메달 빙상선수 안현수도 러시아 귀화 시 이름을 전설적인 록 가수 '빅토르 최'처럼 성공하고 싶고, 러시아인들에게 친근하게 기억되는 바람을 담아 '빅토르 안'으로 개명하였다고 한다.

빅토르 로베르토비치 초이를 추모하는 스치야 쏘야 벽은 울긋불긋한 알 수 없는 낙서와 그라피티가 아로새겨져 있고, 그의 얼굴이 그려진 아래쪽에는 아직도 그를 기리는 열성 팬들이 꽃을 가져다 놓았다. 아르바트 광장부터 스탈린 시스터즈 건물 중 하나인 외무성건물까지 보행자 전용 도로인 이 거리에는 레스토랑과 카페도 즐비하고,

푸쉬킨 탄생 200주년 기념동상

사랑을 위한 결투로 목숨을 잃은 사나이 「삶이 그대를 속일지라도」의 명시를 쓴 '푸시킨과 나탈리야 콘차로바' 부부 동상이 아르바트 거리 입구의 연한 하늘색 이층집 앞에 있다.

＊ 이른 아침 누군가 노란 꽃을 푸시킨과 나탈리아의 맞잡은 (동상) 손에 쥐어놓았는데 자세히 보면 서로 잡고 있는 듯한 부부의 손이 떨어져 있다. 비극적인 부부의 관계를 암시하는 것일까? 이루어질 수 없는 사랑을 보여주는 것일까? 러시아 국민시인 푸시킨은 무도회에서 처음 만난 16살의 절세미인 나탈리아에 반해 끈질긴 구애

끝에 19살의 나탈리아와 결혼했으나, 아내가 러시아 황실 근위대의 프랑스 장교인 단테스와 바람피운다는 투서를 받고 분노한 상태일 때, 결투를 신청해온 단테스와 대결을 벌이게 된다. 글만 쓰던 작가와 사격에 익숙한 근위대 장교의 총싸움 결투가 뻔한 일임에도 거절하지 못하고 결투장으로 향한 푸시킨의 심정은 어떠했을까? '펜은 칼보다 강하다'는 말은 어디 가고… 자기와의 사이에 네 명의 자녀를 둔 아내의 불륜에, 귀족 집안 체면과 자신의 명예를 지키기 위한 마지막 자존심으로 목숨을 걸었던 것이다. 결투에서 복부에 총상을 입은 러시아 국민시인 '알렉산드르 푸시킨'은 결투 이틀 후인 1837년 1월 29일, 귀족으로서 명예와 자존심을 목숨과 맞바꾸고 38세의 나이로 요절한다.

삶이 그대를 속일지라도
- 알렉산드르 푸시킨

삶이 그대를 속일지라도
슬퍼하거나 노여워 말라

슬픔의 날 참고 견디면
기쁨의 날이 오리니

마음은 미래에 살고

현재는 늘 슬픈 것

모든 것은 순간에 지나가고

지나간 것은 다시 그리워지나니

– 생략 –

아마추어 거리의 음악가들인 버스커들의 야외공연이 여행객을 멈추게 하고 귀를 기울이게 한다. 이어 모스크바에서 보기 드문 무어양식으로 지어진 '아르세니 마조로프 저택'과 『죄와 벌』의 작가 도스토옙스키 동상이 서 있는 국립도서관, 길 건너에는 커다란 동상의 레닌이 도서관을 바라보고 있다. 동상의 기단석에는 블라디미르 레닌이 제시했던 구호가 새겨져 있다(번역하면 "만국의 노동자와 피억압 민중이여, 단결하라"는 표어라고 한다).

크렘린의 외곽을 돌아 흐르는 모스크바 강을 따라 걸었다. 붉은광장 남쪽의 성 바실리 성당의 8개 양파 모양의 지붕과 4개의 다각탑 사이로 4개의 원형 탑이 붉은 벽체와 어우러져 멋진 자태를 보인다. 지루할 틈이 없다.

붉은광장 역사박물관 옆 부활의 문을 지나 좌측에 있는 카잔성당은 1625년에 지어진 것으로 붉은색과 파란색으로 칠한 벽에 황금색 지붕이다.

러시아 공산당을 창설한 레닌 (국립도서관 건너편에 있다)

보로비츠스카야 망루, 모스크바의 일곱째 언덕 중 하나인 보로비츠키 언덕 모스크바 강가에 있다.
크렘린 들어가는 입구로도 사용된다.

성 바실리 성당 (1955년부터 5년에 걸쳐 완성되었다)

저녁엔 전철을 타고 우니베르시쩨뜨 역 부근에 있는 볼쇼이 모스크바 서커스 전용극장에서 공연을 관람했다. 입장권도 없이.

입장권 없이 관람한 사연은 이렇다.

티켓을 예약할 때 볼쇼이 극장이나 미하일로프스키 극장 등 다른 공연은 회원가입을 한 후 예약 결제를 하면 e-mail로 영수증과 e-ticket을 보내주고, 이를 매표소에서 입장권과 교환하여 관람하게 되어있다. 그러나 볼쇼이 서커스는 회원가입 절차가 없이 결재하고 즉시 e-ticket을 프린터로 출력하는 시스템이었다. 관람 당일에 구입하면 좌석이 없을 수도 있고, 비싼 금액으로 암표를 구입할 수도 있었기에, 예매를 시도했다. 원하는 날짜, 시간의 좌석을 선택하여 결제과정이 진행되고 영수금액이 컴퓨터 화면에 나타나고 다음 e-ticket이 화면에 뜨면 이를 프린트하면 되는데… 다음으로 화면 전환도 안 되고 프린트도 안 되는 상황이 발생한 것이다. 인쇄를 할 수 없으면 예약한 것을 증명할 수 없으니 모든 게 꽝이다. 꽝! 꽝! 오! 이런 일이~

제일 앞줄 정중앙으로 배고픈 사자한테 제일 먼저 잡아먹힐 자리인데! 아~ 어쩐다. 어쩌자고! 젤 비싼 좌석을 샀는데… 땀이 나고 정신이 없어진다. 순간! 컴퓨터 화면을 사진으로 찍었다. 사진 찍은 후 잠깐 사이에 이 화면마저도 컴퓨터 화면에서 사라졌다.

궁리 끝에 어렵게 찍은 사진을 프린터로 출력하니 새까만 사진이다. 이 사진을 가지고 볼쇼이 서커스장(출입구)에 가니

이리 가보라! (가면) 저리 가보라! (또 가면) 다시 이리 가보라!

그들도 이런 경우는 처음인가 보다. 외국인이 새까만 사진을 들고 와

입장권과 바꿔 달라 하니, 결국 매표소도 아닌 행정을 담당하는 사무실에서 프린터로 출력된 새까만 사진에 뭐라 글씨를 쓴 다음, 사인을 하고 고무도장을 찍어주면서 입장 검표원에게 제시하란다. 볼쇼이 서커스 입장하는데 나도 어려운 서커스를 하고 들어갔다.

어렵게 서커스를 하고 들어간 서커스의 내용은 세 가지의 테마로 구성되어 있는데 하나는 엄마가 딸아이의 잠을 재우고 나간 후 어린 소녀가 꿈꾸는 내용을 주제로 한 것. 하나는 아크로바트, 또 하나는 사자와 표범, 물개, 개, 뱀 등 동물 묘기를 선보이는 것이었다. 러시아 또 하나의 유명 서커스인 니꿀린 서커스보다 더 재미있는 주제로 하는 서커스라 하여 관람했는데, 약간은 실망이었다.

동물을 멀리서 보면 모를 수도 있겠지만 맨 앞자리 가까운 데서 보면 털의 윤기, 동물의 표정이 자세하게 보인다. 사자와 표범이 으르렁거리는 표정을 가까운 데서 보니 무섭고 재미있다는 생각보다 동물을 학대하여 훈련시켰을 생각을 하니 안쓰러웠다.

아크로바트도 잠실운동장과 뉴욕 메츠야구장에서 관람했던 캐나다 '태양의 서커스(5년마다 공연의 주제와 내용이 바뀐다.)에 비해 정교함과 스케일, 예술성이 떨어진다.

개방 후 엔터테인먼트화 되지도 않았고 예술성과의 정교한 하모니가 되지 않은 어정쩡한 상태인 것 같다. 태양의 서커스는 옴니컴비내이션과 영상미, 우아하고 아름다운 품위가 있는 공연이다(단원의 대부분이 곡예사와 체조선수 출신으로 1982년 20여명이 창립하여 지금은 캐나다

볼쇼이 모스크바 서커스장

대표문화상품이 되었다).

　장점으로는 전용 공연장에서 공연하기 때문에 안정성, 영상, 음향 등에서는 한 수 우위이다. 맹수 등장 때 완벽한 보호무대는 안심이었다. 관중들은 어린이를 동반한 가족들이 많고 야광봉을 휘두르며 소리 지르고 열광한다. 러시아 서커스가 발전한 것은 레닌이 적극 장려하였다고 한다. 그 영향으로 공산주의 사회인 중국과 북한도 국가에서 장려하여 서커스 기관은 모두 국립이다.

볼쇼이 극장 발레를 1/5 가격으로 관람하다

러시아인들은 꽃과 그림을 좋아하는 것 같다. 레스토랑, 호텔, 역, 상점, 가정집 어디든 그림과 꽃이 있다. 퇴근길 지하철역 통로에서 늙은 꽃장수에게 꽃을 사는 노동자 타입의 청년이 인상 깊었다. 누구에게 주려는 것일까? 꽃을 선물 받는 주인공은 저 청년의 마음을 알까? (나는 안다. 선물하려고 마음을 먹은 순간부터 고를 때까지, 그리고 가지고 있다 전달할 때까지 설레는 마음이 선물을 받는 사람보다 주는 사람이 더 행복하다는 것을.)

꽃과 그림을 사랑하는 사람들이어서 그럴까? 노보데비치 수도원에 갈 때, 젊은 여성에게 길을 물었는데 그녀가 머뭇거리자 이를 보고 있던 다른 분께서 알려주고, 우리가 가는 길을 지켜보다 다시 알려주고, 지하철에서 노선도를 보고 있던 나한테 길 가던 여성이 다가와 '내가 도와드릴까요?'라고 묻던 그들. 감동이다. 러시아에 대해 다시 생각하게 된다. 그리고 반성한다. 나도 외국인들에게 더 친절하게 도와줘야겠다고.

크렘린을 갔는데 오늘(목요일)이 휴관이라고 한다. 다른 곳은 월요일에 휴관하는데… 할 수 없이 일정변경을 하여 크렘린 남서쪽 모스크바 강변에 위치한 노보데비치 수도원에 갔다. 대공 바실리 3세가 1524년 폴란드령인 스몰렌스크를 탈환한 것을 기념으로 건축하였다는, 순백의 석벽에

노보데비치 수도원 첨탑

호수에 비친 노보데비치 수도원

니키타 세르게예비치 흐루쇼프, 전 소비에트연방 공산당 서기장 무덤

부시 대통령 부인이 기증한 어미오리와 귀여운 새끼오리

붉은색 벽돌의 12개 종루인 바로크양식으로 지어진 건물로 당시 귀족부인과 자녀를 위한 수도원으로 사용되었다고 한다. 수도원 안에는 72미터 종루와 스몰렌스크 성당이 있다. 뒤편에 위치한 국립 공동묘지에는 보리스 옐친, 흐루쇼프, 쇼스타코비치, 극작가 안톤 체호프, 유리 가가린(인류 최초의 우주비행사) 등 러시아 유명인사의 묘가 있다.

러시아 비석을 읽을 수가 없어 부부가 함께 온 방문객에게 물어보니 직접 나를 데리고 가서 설명한다. 정치인은 물론 러시아 프리마돈나이자 세계적 소프라노 '엘레나 오브로 소바'의 묘를 소개하면서 자기가 좋아했던 가수였다고 한다. 묘지에는 우주인, 음악가, 작가, 예술가, 과학자, 소설가, 문인 등 저명인사 다수가 묻혀있다고 얘기한다. 우리나라 국립묘지와 비교된다. 할머니 한 분이 무덤과 비석, 화단을 닦고 청소하기에 누구냐고 물었더니, 남편이라고 울먹이며 얘기한다. 배우자를 먼저 보낸 마음을 알 것 같고 애틋한 마음이다.

묘지 관리가 잘 되고 있다. 부에노스아이레스에서 가장 오래된 유서 깊은 공동묘지 '레골레타에 잠들어 있는 〈Don't cry for me Argentina〉의 주인공 에바 페론(전 아르헨티나 대통령)의 유택보다 훨씬 관리도 잘 되고 방문객이 끊이질 않는다. 아르헨티나의 레골레타 묘지에는 관광객들이 주로 방문하는 데 비해 노보데비치 묘지는 러시아인들의 방문이 주를 이루고 있다.

점심은 호수에 수도원의 전경이 비쳐 보이는 호수 건너편 전망 좋은 레스토랑에서 럭셔리하게 했다. 장 여사님! 내게 최고의 분위기에서 맛있는

거 사준다고 주문하고는 계산할 때는 김 비서를 시킨다. 16년 전 방문했을 때 수도원 건너편 호수 코너의 큰 나무 옆에서 잠깐 바라만 보았던, 다시 찾은 그때 그 장소에서 감흥을 되새기고 있다.

차이콥스키가 저녁노을과 함께 호수에 비친 아름다운 수도원을 보고 〈백조의 호수〉 영감을 떠올렸다는 장소다. 호숫가엔 백조는 어디 가고 오리만 떠돌며 자맥질을 한다. 호숫가 옆 잔디 길가엔 미국 대통령 부시 부인이 1991년 방문해 기증했다는 어미 오리와 귀여운 새끼오리 9마리의 청동상이 있다.

여사께서 참새언덕(바라비요브이 고르이)을 가야 한다고 해서 더위를 벗 삼아 3시간 넘게 걸었다. 여행 출발 전 발목을 부상당하여 깁스를 푼지 한 달밖에 안 돼 절뚝거리면서도 가자고 하니 어쩔 수 없다. 모스크바 강에 놓인 1,200미터의 2층으로 된 다리(아래로는 철로가 위로는 자동차)를 건너고 언덕길을 지나 해발 100미터로 모스크바에서 제일 높은 레닌언덕이라는 참새언덕에 올라, 모스크바 시내 전경과 모스크바 강 건너 공원 옆, 1980년 올림픽주경기장이었고 2018년 월드컵경기장으로 사용될, 1956년에 건설된 루즈니키 스타디움을 조망한 다음, 뒤편에 보이는 모스크바대학에 가자고 한다. 피곤하지만 할 수 없이 go! go!

한참을 사과나무로 이루어진 가로수와 초록빛의 잔디밭, 꽃밭을 지나 힘들게 걸어서 정문에 도착했다. 모스크바대학 건물은 스탈린양식의 고딕건물인데, 대학은 1755년 설립되었고 현 건물은 1953년 스탈린의 명령으로 독일전쟁 포로들의 노동력으로 지어졌다는데, 본관 건물 웨딩케이크 모양의 꼭대기 높이가 240미터이고 꼭대기에 달아놓은 별의 무게가 12톤이라고 한다. 5천여 개의 강의실에 복도의 길이가 33킬로미터라고 하니 엄청난 규모의 대학이다. 모스크바대학에서 그녀에게 물었다. 대학에 누구 아는 사람 있느냐고? (햇볕이 쨍쨍한 덥고 힘든 걸음에 지쳐 꼭 와볼 필요가 무엇이었나? 궁금했다!) 미국의 하버드, 영국의 옥스퍼드대학과 함께 세계 3대 대학의 하나로, 러시아의 S대인데 직접 와 보고 싶고, 16년 전을 생각하며 다시 왔으니 그때 그 감정을 느끼고 싶었다고 한다.

여하튼 모스크바 대학을 힘들게 어렵게 정문으로 들어가서 후문으로 나왔다. 우리 둘은 모스크바 대학 동문이 되었다.

저녁은 볼쇼이 극장 관람이다. 제목은 셰익스피어 원작 희곡 〈말괄량이 길들이기〉이다. 한국에서 표를 예매하고자 하여 우리나라 예매사이트 인터ㅁㅁ, 티켓ㅇㅇ, Yes△△ 같은 러시아의 예매사이트인 '티켓랜드'에 접속했었다. 접속결과 놀라고 실망이었다. 2, 3층 오페라글라스로 봐야 할 좋지도 않은 좌석이 $360, 1층 좋은 좌석은 $680 정도다.

아~ 안 볼 수도 없고, 그렇다고 1층은 넘 비싸고…

볼쇼이 발레단은 여름시즌에는 볼 수가 없다. 외국에 공연으로 돈 벌러 가기 때문이다. 볼쇼이 공연을 염두에 두고 여행일정을 계획했었는데 난감하였다.

생각 끝에 볼쇼이 극장 홈페이지에 직접 접속해 보았다. 온통 러시아 키릴 문자인데, 가격은 아라비아 숫자다. 가격은 같은 프로그램인데 약

오분의 일 가격에 또 한 번 놀라고, 기분이 좋아 흥분되고… 그런데 예매하려면 일단 회원가입을 해야 한다. 러시아문자는 모르지만 그동안 온라인으로 예매했던 실력이 나오기 시작했다.

아! 그런데 회원가입시 인적사항과 e-mail(결제완료 후 영수증과 티켓을 전자주소로 파일을 보내준다.)을 입력해야 하는데 전자메일 주소를 입력하고 다음으로의 회원가입 절차가 진행이 안 되는 것이다.

해보고 또 시도해 보고… 전자메일 주소가 ****@***.co.kr이라 그런가? (kr이 마음에 걸렸다. 'korea'가)

다른 전자메일 주소로 가입을 시도했다. 이번에는 ****@***.com으로. 마찬가지로 가입이 안 되었다. 아~ 러시아 사람들이 자본주의를 싫어하나 보다. 전자메일 주소의 끝이 .com으로 끝나니 'company'도 싫어하나 보다, 라고 생각이 들었다.

그래? 그럼 이번에는 co.kr도 .com도 안 들어간(국적과 정체를 알 수 없는) .net를 사용해 보기로 하고 시도했다.

우와! 된다. 됐다! 가입이.

(볼쇼이 극장은 어렵게 회원가입을 했는데, 러시아 다른 사이트는 ***.co.kr을 쓰는 전자주소로 가입이 되는 것으로 보아, 아마 온라인 접속을 했을 때, 러시아 인터넷 속도에 문제가 있었거나 아니면 컴퓨터 서버시스템의 이상으로 그렇지 않았나 여겨진다)

드디어 가입을 하였다.

대행 사이트에서 구매하는 것보다 볼쇼이 극장에서 직접 구입하니 절

볼쇼이 극장(앞아 보이는 건물은 본관, 왼쪽 민트색 건물은 신관)

볼쇼이 극장 내부

약하는 것이라 생각하고 관람하기 좋은 좌석으로 예매했다. 결재를 완료하고 전자티켓을 프린트했다.

야호! 아는 만큼 아낄 수 있었다. 공연 당일 암표상에게 사면 우리 돈 △△만원 가까이 줘야 산다는 말이 실감 났다. 아마 러시아 암표상들이 극장에서 직접 구입하여 대행사 가격의 비싼 값에 판매하지 않나? 하는 생각도 든다. 아니면 티켓판매에 무슨 커넥션이 있든지. 아무튼 극장에서 직접 구매하는 경우에는 티켓이 금방 매진이 된다.

표를 예매하는 시스템이 외국인에게는 불리하다. 문화우월주의로 외국인은 비싸더라도 이를 감안하고 구입하라는 것 같아 기분이 좋지는 않다. 그런데 이는 러시아뿐만 아니라 인도의 타지마할에서도 그랬다. 타지마할 입장료가 인도인은 5루피인데 반하여 외국인은 750루피이다. 150배를 받는다.

네팔의 박타푸르 '다타 트레야' 사원의 입장료도 외국인은 차별하여 비쌌다. 중국인한테는 자국민과 같이 입장료의 혜택을 준다. 매표소에서 중국인이라며 표를 구입하려고 하니 여권을 제시하라기에, 호텔에 놓고 왔다고 했더니 잠깐 기다리라고 하고, 사무실에 가서 (중국어를 하는) 직원을 데리고 왔다. 그 직원이 나에게 물었다. 쏼라쏼라… 쏼라쏼라. 중국말을 알아들을 수도, 뭐라 답할 수도 없었다. 중국인이라며 혜택이 있는 입장권을 구입한다고 한 내가 갑자기 벙어리가 되었다. 창피하게. 할 수 없이 줄을 바꿔 외국인 줄에 섰다.

달라는 돈 다 주고 입장권을 구입한 부끄러운 과거를 고백한다.

공연 내용은, 무대가 열리기 전, 커튼 앞에서 여주인공이 옷을 갈아입고 토슈즈를 신는 퍼포먼스를 하면서 무대 밑 오케스트라 지휘자와 손짓을 하고 인사를 나누며 무대의 막이 오른다. 이어 무대로 나가 발을 꼿꼿이 세우고 오프닝 한 곡을 소화한다. 경이롭다.

2막의 발레는 한국 같았으면 외설이라고 야단법석을 피울 법한 발레가 숨 가쁘게 이어진다. 무대 아래 오케스트라의 음악도 에로틱하면서도 느림~ 빠름~ 느림~ 하면서 점점 빨라지고~ 수석 무용수 말고도 모두 멋진 춤 솜씨를 뽐낸다. 러시아 발레의 진수를 본다.

볼쇼이 발레는 2~3일 간격으로 프로그램이 바뀐다. 그만큼 공연을 소화하고 진행할 수 있는 무용단원이 있기에 다양한 공연을 할 수 있겠지만. 발레야 대사가 없이 춤과 마임으로 표현하는 것이지만, 〈말광량이 길들이기〉희곡의 대사가 생각난다. 주인공 비앙카의 언니 카테리나의 남편 페트루키오가 아내에게 이렇게 말한다. "남편이 낮에 달이 떴다고 말하면 하늘에 뜬 것은 해가 아니고 달이다." 금년이 셰익스피어가 숟가락 놓은 지 400주년 되는 해이다. 셰익스피어는 간 큰 남자였나 보다.

상트페테르부르크행 야간열차 붉은 화살호
(*끄라쓰나야 스뜨렐랴*)

아침 식사를 호텔에서 룸까지 서비스한다. 뷔페식에서는 뭘 먹을까 고민하는데 비해 고민도 덜어주고, 시간도 절약되니 좋다. 러시아 모스크바(칼리닌그라드도 마찬가지)의 호텔 예약할 때 영어로 할 수도 있고 러시아어로 할 수도 있다. 우연히 발견했는데, 영어로 하는 경우보다 러시아어로 하는 경우 값이 더 저렴한 경우가 있었다. 아침 식사도 영어보다 러시아로 예약하면 같은 식당의 메뉴인데도 청구하는 금액이 다르다. 아는 만큼 절약된다.

크렘린 성벽

크렘린 궁을 갔다. 어제 휴관으로 못 본 사람들까지 몰려 입장권 매표소가 북적댄다. 크렘린은 러시아어로 '성벽'을 뜻한다는데 크렘린 입장권과 무기고, 다이아몬드 박물관(크렘린 내부에 위치하여 크렘린 입장권과 별도의 입장권이 있어야 들어갈 수 있다.)의 입장권을 판매하는 부스가 알렉산드로프 정원의 유리로 된 티켓 오피스에 따로 있다. 한 오피스에서 팔면 좋은데 그렇지 않다.

일단 크렘린 입장권을 구입하고 무기고와 보석박물관 입장권을 사기 위해 다른 창구에 줄을 섰다. 아주 긴 줄을. 그런데 도대체 긴 줄이 줄어들지 않는다. 모든 사람이 당연하게 그러겠지 하고, 꼼짝도 않고 기다리는 상태는 계속되고, 기다리다 지쳐 앞사람들이 하나둘, 줄에서 이탈하다 보니 내가 맨 앞에 서게 되었다.

닫힌 창구의 유리창에는 무기고, 박물관 입장권 SOLD OUT!이라고 조그만 글씨로 쓰인 종잇조각을 붙여 놓았다. 판매원들은 잡담하거나 손톱 손질을 하고 있고. 줄 서있던 사람들이 물어봐도 러시아 말이 안 통하니 모두 제풀에 지쳐 줄을 이탈한 것이고, 내가 맨 앞에 선 상황이 되었다. 손톱을 손질하고 있는 티켓판매원에게 문의하니 '인원제한'이라는 말만 되풀이한다.

나는 맨 앞에서 기다리는지라 얼마나 기다리면 되겠느냐고 문의하였지만 도대체 대화가 안 된다. 그럼 언제쯤 입장권을 파느냐? 하면서 종이와 펜을 내밀었다. 그제야 알아듣고 예상(입장권 판매)시각을 적어준다.

KACCA(매표소) 직원들 영어 하면 처벌받는 규정이라도 있는지 도대체 답이 없다. 답답하여 안내사무실에 물어보면 그건 매표소에 가서 물어보라! 여기는 인포메이션이다. 또 다른 질문은 없나? 하고 끝이다.

황제의 종 (주조가 완성될 무렵 크렘린은 큰 화재가 발생하여 종에 찬물을 부어 균열이 생기면서 조각이 났다고 한다. 무게는 202톤)

자동(티켓) 발매기를 설치하든지, 아니면 시간대별 예상인원의 입장권을 미리 팔고, 입장할 때 통제하면 될 것을 비효율적이다. 한 시간 이상 줄 서면서 느낀 것은, SOLD OUT이 되었더라도 참전용사 증명서 또는 경로증과 함께 무슨 증명서를 제시하면 요금도 받지 않고 입장권을 준다는 사실이었다. 기다리고 기다려 어렵게 들어간 크렘린에서 고생깨나 했다. 궁 내부에 레스토랑도 없고 물을 판매하는 자판기도 매점도 없다. 볼 것은 많은데 지쳐, 러시아 황제의 대관식과 러시아 대통령의 이취임식이 거행된 5개 황금색 양파 모양의 지붕이 특징인 우즈펜스키 사원, 무기

이반대제의 벨타워 (높이 81미터, 24개의 종)

국립역사 박물관

고, 트로이츠크야 망루, 황제의 대포, 한 번도 울리지 못한 깨진 황제의 종 등을 대충 둘러볼 수밖에 없었다.

망루에 올라 보고 싶었던 '이반 대제의 벨 타워'는 포기할 수밖에 없었다. 영화 〈러브오브 시베리아(The Barber of Siberia)〉에서 사관생도 임관식 장면이 나오는데(실제 촬영한 장소), 황제가 도착할 때 종지기가 이를 알리는 종을 울리는 장면을 상상하고, 주인공이었던 안드레이 톨스토이 생도와 제인 칼라한의 국경과 나이를 초월한 사랑을 그리며 갔었는데 아쉽다.

주코프장군 동상

건축물의 압권은 마네즈나야 광장과 붉은 광장 사이에 있는 국립역사박물관으로 붉은 벽돌의 건축물에 하얀 지붕과 4개의 탑인데 옛 모스크바대학 건물이었다고 한다. 역사박물관 앞 말을 타고 있는 멋진 동상은 주코프 장군으로 1차세계대전 시 병사에서 시작하여 군인의 최고 영예인 국가원수에까지 오른 강직한 인물이라 한다.

고리끼공원 정문

블라고베쉔스크 성당

해군 300주년 기념비

붉은광장 건너 기다랗고 하얀 건물 3층의 굼 백화점 – 굼(GUM)은 Glavny Universalny Magazin의 약칭으로 종합백화점을 의미 – 은 1893년에 완공된 건물인데 내부의 수입품으로 꾸며진 화려한 매장에는 물건을 쇼핑하려는 사람들보다 관광객이 더 많아 보인다. 꼭대기 층의 화려한 자연채광의 유리 천장과 건물 사이를 잇는 백화점 내부에 놓인 다리 건너 푸드코트와 찻집이 있어 간단히 요기를 했다.

고리끼 공원에 가는 길가에는 사행성 놀이에 많은 사람들이 몰려있다. 철봉에 오래 매달리기와 철봉에 쇠사슬로 매달은 철재사다리에 오르기 등이다.

공원은 젊은이들이 롤러블레이드, 자전거 등을 대여하여 즐기고, 분수와 숲이 우거진 쉼터로 호수와 꽃밭, 정원이 어우러져 있다. 고리끼 공원 바로 옆은 모스크바 강이 흐르고.

유람선 중에서도 젤 좋다는 Radisson cruise 유람선 투어로 모스크바의 명소를 다시 복습했다. 석양에 물든 모스크바 강물에 유람선이 따라 흐른다. 참새언덕 밑을 지나 모스크바대학, 고리끼 공원, 표트르 대제 동상, 구세주그리스도성당, 크렘린의 성벽과 망루, 끄림스키 다리, 성 바실리 성당….

오늘 밤 모스크바를 떠난다. 알록달록 테트리스 성바실리 성당도, 빅토르 최의 추모벽이 있는 아르바트 거리도, 모스크바의 붉은 심장(광장)도 굿바이다.

까잔역 야경 (쌍트페테르부르크행 열차가 출발하는 레닌그라드역 맞은편에 있다.)

레닌그라드 역에서 상트페테르부르크행 야간열차를 탔다. 열차 이름은
'붉은 화살호(끄라쓰나야 스뜨렐랴).'

밤 11시 55분 상트와 모스크바를 동시에 출발한다. 소련 시절 공산당
간부들이 이용했다는 고급열차인데 1등실을 이용했다. 객실에 들어가니
비품이 테이블에 정성스레 놓여있다. 물, 간식, 홍차, 녹차, 티슈, 구둣주
걱, 구두약, 반짇고리, 치약, 칫솔, 수건 등 세면도구와 슬리퍼 등이다. 삽
산(모스크바와 상트페테르부르크 간 고속열차의 이름)의 기념 초콜릿도
놓여있다. 승무원이 들어와 묻는다. 더 필요한 것은 없는지, 그리고 다음
날 아침 식사의 메뉴를 보여주면서 주문을 받고는 언제 룸서비스를 할
것인지 식사시간을 묻는다.

붉은 화살호는 레일 위를 미끄러지듯 출발했다. 안나 카레니나가 달렸을 기찻길을 붉은 화살호가 달린다. 영화는(또는 소설은) 안나 카레니나가 모스크바에서 상트페테르부르크를 기차로 오는 장면에서 시작한다. 낭만적인 사랑을 그렸다지만 비극으로 끝을 맺는다. 러시아 정계 최고실세의 남편 카레닌을 버리고 젊은 장교 브론스킨과 사랑의 도피는 파국의 로맨스이지만, 농장주인 레빈의 말이 생각난다. "결혼은 등짐을 지는 것과 같다. 등짐을 지면 손은 자유롭지만 유부녀와 사귀는 것은 등짐을 손에 든 것과 같다. 불륜은 고통이 아니면 최대 행복이라고!"

18세기 러시아를 발칵 뒤집었던 톨스토이의 작품이 21세기에도 맞는 말 아닌가? '사랑의 고통'을 모르는 사람은 죽을 만큼의 사랑을 해보지 않은 사람이다. 최고의 남편은 안나 카레니나의 남편 카레닌 백작이다. 주제 음악인 차이콥스키의 〈비창〉이 기차 쇠바퀴가 철로 위를 구르는 소리와 오버랩 된다.

기차는 소리를 내며 요동친다. 상트페테르부르크를 향하여!

열차의 침대가 각자 따로 침대이다. 난 더불어 침대가 좋은데!

'불금'을 붉은 화살호에서 보낸다!

푸시킨 시 황제마을 예카테리나 궁전, 호박 방

오전 7시 열차승무원이 객실로 아침 식사를 가져왔다. 식단이 풍성하다. 시베리아 횡단의 피로를 럭셔리한 호사로 풀었다. 상상이 기대 이상의 현실이 되었다.

마스꼽스키 바그잘에 도착하여 인접한 비젭스키 역 짐 보관소(까메라 흐라네니아)에 배낭을 맡기고 푸시킨 시의 시골 마을에 가는 기차를 탔다.

비젭스끼역(푸쉬킨 등 교외선과 발트3국, 동유럽행 열차가 출발한다)

비젭스키 역은 1837년 러시아 기차역사의 시작점이다. 역사에는 당시의 기차가 유리로 둘러싸여 전시되어 있다. 푸시킨 시의 짜르스꼬예 쎌로(황제의 마을) 역까지 약 30km인데(가격은 약 800원) 승객은 시니어가 많다. 토마토 모종,

1837년 당시의 기차

꽃모종 등을 가지고 이들의 교외별장에 간다. 도중에 차장이 검표도장도 찍고, 차장 바로 옆에서 잡상인이 꽃씨, 전지가위, 물 호스 등도 판다. 책을 읽는 할머니와 신문을 읽는 할아버지 등, 삶의 현장을 느끼고 있다. 승객의 인종도 다양하고 새벽시장 같다. 상트에 사는 시민들은 대개 근교 시골에 농장 겸 별장(다차, Dacha)이 있다고 한다.

예카테리나 공원의 에르미타쥐

예카테리나 공원

※ 다차는 1970년대 말 구 소비에트 연방정부가 러시아의 빈 땅을 개척하려고, 희망하는 직장인들에게 무상으로 200~300평 정도의 경작이 가능한 땅을 분배하여 필요한 식료품을 스스로 재배하게 한 제도로, 도시의 직장인들이 가족과 함께 통나무 같은 목조주택을 짓고 텃밭을 가꾸었다고 한다. 다차는 콜호츠(집단농장)와 달리 개인소유이기 때문에 작물재배에 더욱 노력하여 콜호츠에서 생산된 작물보다 더욱 품질이 좋은 농산물이 생산되었는데, 1980년대 페레스트로이카 이후 러시아 경제위기를 넘기는데 한몫을 했다고 한다. 러시아 사람들이 소비하는 식량의 40%, 채소의 66%, 중요 식량인 감자의 80%, 과일과 열매의 80%가 다차에서 생산되었다고 한다. 경제위기가 해소된 현재는 치열한 생존을 위한 생산이 아닌 주5일 근무로 주말이나 휴가철에는 도시의 사람들 대부분은 도시를 떠나 근교의 다차로 가서 여유로운 전원생활을 하는 별장의 공간이 되었다. 지금은 개인 간 서로 팔고 살 수도 있다고 한다.

푸쉬킨 시에서 다시 버스를 갈아타고 황제의 마을, 예카테리나 궁전을 찾았다. 표트르 황제 둘째 왕비인 예카테리나가 그의 아들 파벨한테 선물한 여름 별장이다.

주변은 러시아 어느 곳과 마찬가지로 울창한 나무숲이다. 러시아 여성의 상징인 자작나무, 배의 돛대로 사용된다는 러시아 소나무, 꽃은 또 어찌나 많은지…. 분홍색의 레쟈부트카, 프랑스식 정원에 있는 피나무, 그대가 있어 행복하다는 러시아 단풍나무로 이어진 정원으로 이어진다.

예카테리나 궁전
건설에 39년이 걸렸으며 궁전 길이 300미터, 러시아 바로크 양식의
대표적 건물로 '세계의 8대 불가사의'라는 '호박방'이 있다.

예카테리나 궁전 내부

1717년 예카테리나 1세 여제는 여름 별궁을 건축하라고 지시를 했는데, 1세 사후 그녀의 조카딸 안나 여제가 궁전을 바로크양식으로 증축한 것을, 1756년 안나의 딸인 옐리자베타 여제는 이를 로코코양식으로 새롭게 건축했다고 한다(여성이기 때문에 권위와 위엄의 웅장한 궁전인 바로크양식이 아닌, 화려하고 섬세한 로코코방식의 궁전을 건축했으리라).

현재의 건축물은 대제 예카테리나 2세가 1762년 왕위에 오른 뒤 새롭게 단장한 것이라고 하니, 수십년 동안 러시아 황제와 여제들의 변덕 덕분으로 탄생한 사치스러움과 호화로움의 궁전을 만끽하고 있다.

예카테리나 궁전은 프랑스식 정원과 306미터의 길이에 55개의 커다란 방으로 구성되었는데, 이 궁전에서 가장 화려한 부분은 황금의 엔필라데(enfilade)라 불리는 기다랗게 일렬로 늘어선 여러 개의 방으로 녹색 기둥의 방, 붉은 기둥의 방, 호박의 방 등이다.

호박의 방은 가로·세로 14미터, 높이 5미터로 실내 전체가 화려한 호박세공과 금박을 입힌 거울과 그림, 실내장식으로 치장되어 있다.

장식에 사용된 호박은 1716년 프러시아의 프리드리히 빌헤름 1세가 러시아 표트르 대제에게 선물한 것으로, 세계 제2차대전 때 점령군인 나치 히틀러 군대에 약탈당하여 쾨니히스베르크(현 칼리닌그라드)로 옮겨졌다는 기록은 있으나 행방을 찾지 못하고, 상트페테르부르크 탄생 300주년을 맞은 2003년 5월 31일 러시아 블라디미르 푸틴 대통령과 슈뢰더 독일 총리가 재현한 궁전을 개관하였다. 독일군에 의해 약탈당한 호박 방 재현작업에는 20여년 동안 러시아 최고 공예가들이 참여하여 약탈당한 지 60여년 만에 완벽하게 본래의 모습으로 만들었다고 한다.

세계에서 가장 화려한 방이라고 하는 '호박방'에서 사치한 풍경에 근사한 찻잔으로 차 한잔 하는 상상을 한다.

파블롭스크 공원의 켄타우르스 다리.
공원 면적이 600ha로 울창한 숲에 들어가면 길을 잃기 쉽다.

민트 색과 하얀색으로 치장한 예카테리나 궁전은 황홀 그 자체다. 황제마을 별장엔 큰 라일락 꽃나무가 많다. 자주색과 하얀색의 꽃을 피우는 라일락 꽃잎은 4개이다. 아내가 행운을 가져다준다는 꽃잎 5개가 있는 라일락 꽃을 발견했다. 발견한 꽃은 먹어야 행운이라는 말이 있다.

이어 유럽 최대의 공원이라는 파블롭스크 공원에 갔다. 600ha의 넓은 공원에서 길을 잃을까 봐 산책로를 따라 걸으며 힐링투어를 한다. 자연에서 누리는 화려한 사치가 나에게 휴식을 선물한다. 넓디넓은 공원에서 무희들은 파벨만을 위한 춤을 추었지만, 세상이 변한 지금은 소수가 다수를 위해 춘다.

점심은 푸시킨 시 농업대학 실습온실이 있는 도리아양식의 식당에서 양고기 샤슬릭으로 했다. 샤슬릭은 원래 양고기를 쇠꼬챙이에 꽂아 숯불에 구워 먹는 꼬치요리인데, 요즘은 돼지고기, 쇠고기, 닭고기의 샤슬릭이 있다. 중앙아시아 지역의 음식이었지만 러시아의 대표 음식이다. 값이 싸고 맛있었다(1인당 600루블).

상트페테르부르크로 돌아오는 기차의 바퀴가 철로에 부딪히며 '더덕더덕, 더덕더덕' 소리를 낸다. 누군가는 그랬다. 기차 진행방향을 보고 앉으면 미래가 보이고, 기차 진행방향을 등지고 앉으면 과거를 생각하는 여행을 한다고.

나는 어느 방향을 보고 앉아야 하나? (바이칼 호수에서 조약돌 몇 개

를 배낭에 넣었었다. 에스토니아의 합살루 해변에서도. 추억을 반추하고
도 싶고, 만들기도 원하는 나의 이중성을 어찌할 것인가?)

5 / 29 (21일째)

마린스키 콘서트홀

상트페테르부르크 경찰은 부지런도 하다. 일요일 이른 아침부터 딱지
를 떼고 있다. 넵스키대로의 작은 성당에 들렀다. 일요미사 중 여성 신자
가 앞에 나와 부르는 청아한 성가가 심금을 울린다. 뜻은 모르겠지만 곡
조와 목소리가 마음을 흔들고, 오르간 소리가 전율을 흐르게 한다. 넵스
키 대로 주변은 온통 축제 거리다. 3일째인 책의 축제는 전문 분야별로

진행되고, 거리는 웅장한 음악과 함께 축제 분위기다. 아! 이래서 러시아
가 위대한 대문호와 음악가를 배출할 수 있었구나! 여길 만큼 많은 인파
가 참여하고 있다 .

  예술의 광장에 있는 푸시킨 동상에 많은 사람들이 모여들고 그리보예
도프 운하 너머 높이 81미터 알록달록한 양파 모양의 지붕 피의 구세주
사원 옆 미하일로프스키 정원의 서늘한 녹색의 기운이 더위를 날려주고
여행자의 심신을 추슬러준다. 도심에 이렇게나 좋은 정원이 있다니~ 잠
시 거쳐 가는 여행자이지만 공원을 거닐며 가족들과 함께 여유로운 일정
을 즐기는 사람들을 보는 감상이 좋기만 하다.
  상트에서 6일간의 여유로운 일정이 입속에서 터지는 방울토마토의
상큼함처럼 자유여행의 망중한을 즐긴다. 아! 이게 진정 여행의 참맛이
런가!

그리보예도바 운하와 '피의 구세주 성당'
황제 알렉산드로2세가 폭탄테러를 당한 자리에 세운 것으로 짓는데 24년이 걸렸다

국민시인 푸쉬킨 동상

시티투어버스를 오스트롭스키 광장에서 타고 유네스코 세계문화유산으로 지정된 역사지구를 둘러본다. 넵스키 대로의 축제 물결을 지나 네바 강 궁전다리 옆 라스트랄 등대와 토끼섬의 페뜨로파블롭스크 요새 성채를 빙 돈다. 버스를 타고 바라보는 네바 강물이 햇빛에 반짝여 운치를 더한다. 강변은 천막을 친 벼룩시장과 나들이 나온 시민들로 북적인다. 강변의 잔디가 해변인양 비치의상 차림의 여인들과 일광욕 차림의 남정네가 여행객의 시선을 부끄럽게 한다. 역시나 버스 안에서의 10개국 언어 서비스에 한국어 서비스는 제공되지 않는다.

마린스키 극장에 가기 위해 버스를 탔다. 버스에 차장이 탑승하여 승객을 찾아다니며 차표를 판다. 요금이 블라디보스토크나 하바롭스크보다 배가 비싸다. 상트페테르부르크는 전철이나 버스, 트람바이 모두 30루블(540원)이다.

마린스키 극장은 3곳(제1극장, 제2극장, 콘서트홀)인데 e-ticket을 극장에서 티켓으로 교환하고 이를 300m 떨어진 콘서트홀에서 추가요금을 내고 입장권으로 바꿔야 했다.

제1극장은 〈호두까기 인형〉과 〈백조의 호수〉가 처음 공연을 한 곳으로 당시 황후의 이름을 따서 지어진 이름으로 민트 색의 신고전주의 양식의 건축물이다. 볼쇼이 극장과 더불어 유네스코 지정 세계문화유산에 등재되어 있다. 제1극장과 제2극장은 작은 운하를 사이에 두고 마주 보고 있다. 콘서트홀의 위치를 찾기도 복잡하고 표를 바꾸는 것도 줄을 서야 하고 시작시간(19시)은 다가오고, 줄 서다 보니 시작 시각은 넘어가고….

페트로파블롭스크 요새가 있는 강변의 잔디

파블롭스크 요새 성당

32미터의 라스트랄 등대

왼쪽은 마린스키제2극장, 오른쪽이 마린스키 본관인데 운하를 두고 다리로 연결되어 있다.

МАРИИНСКИЙ ТЕАТР · MARIINSKY THEATRE
XXIV МУЗЫКАЛЬНЫЙ ФЕСТИВАЛЬ · XXIV MUSIC FESTIVAL
26.05 - 24.07. 2016 ЗВЕЗДЫ БЕЛЫХ НОЧЕЙ STARS of the WHITE NIGHTS
MARIINSKY.RU
ХУДОЖЕСТВЕННЫЙ РУКОВОДИТЕЛЬ · ARTISTIC DIRECTOR
ВАЛЕРИЙ ГЕРГИЕВ VALERY GERGIEV

마린스키 콘서트홀, 연주회가 끝난 밤 열시경인데 백야현상으로 환하다. 사진의 지휘자는 '발레리 게르기예프'

시작시각이 지났는데 줄은 안 줄어들고, 속이 탔다. 시작되었다면 연주 도중에 바로 들어갈 수도 없고. 불안한 가운데 겨우겨우 입장권으로 바꾸어 로비에 가니 사람들이 입장을 않고 바글바글하다. 모두 최고의 드레스업 차림으로 우리만 여행복 차림이다.

러시아스타일의 콘서트 시작을 알리는 벨이 25분 늦게 울린다.

마린스키 콘서트홀(전용관)의 특징은 마이크와 스피커가 필요 없는 최고의 음향 시설이 갖추어진 무대가 작으면서 4층으로 된 객석이 빙 둘러 있다. 지휘자는 '발레리 게르기예프'로 마린스키 극장 예술감독이자 세계에서 가장 바쁜 지휘자로 차이콥스키 국제콩쿠르 조직위원장이며 2015년부터 뮌헨 필하모닉 오케스트라의 지휘도 맡고 있다. 마린스키 극장을 세계 최고의 극장으로 만들어 '러시아 음악의 차르'란 별명도 붙여졌다.

1막에서는 안토니오 비발디와 조지오 프레드릭 헨델의 곡을 연주하고, 비발디의 바이올린과 첼로협주곡을 지휘자 발레리 게르기예프가 바이올린 솔리스트로 마린스키 극장 첼로섹션 악장 '올렉 센데스키'와 협연하였다. 2막에서는 에드워드 엘가의 현을 위한 세레나데를.

공연 리플렛과 극장 외벽의 대형 공연 광고그림의 지휘자 발레리 게르기예프는 대머리에 텁수룩한 수염을 하고 있는데 오늘은 가발을 쓰고 깔끔하게 면도를 한 차림이다. ㅎㅎ (멋있게 보였다)

밤 10시가 넘었는데도 거리는 밝아서 그런지 활기차게 보인다. 엘가의 음악처럼 Allegro~ Allegro ♫ 협연한 첼리스트가 받은 장미 꽃바구니처럼 내 마음에 붉고 진한 향기가 스민다.

5 / 30 (22일째)

성 이삭성당 황금 돔

상트페테르부르크를 좀 더 알고 싶어 현지 여행사의 가이드 투어 신청을 했는데 투어 신청자가 우리 둘뿐이다. 차량으로 이동하는 편한 투어를 신청했었는데, 이메일로 대중교통을 이용하면 어떻겠냐고 제안이 왔

다. 대신 투어요금을 조정해 준다고 해서 그렇게 하자고 했다. 아직 투어 시즌이 아니라 우리 둘만 차량을 가지고 가이드하기에는 너무 손해이겠고, 그렇게 하면 미안하기도 하고.

가이드와 우리 둘, 맞춤 투어를 하고 있다. 상트페테르부르크의 역사부터 책에서 습득할 수 없는 생생 정보와 전 시가지가 유네스코 세계문화유산인 도시문화에 대하여 함께 유적지를 돌아보는 투어다. 넵스키 대로가 네바 강의 뜻이라는 것도, 제일 탐났던 표트르에게 바치는 동상이 10년에 걸쳐 완성된 것이라는 것도, 그들의 족보도….

세계에서 세 번째로 큰 거대한 금빛 돔을 가진 성 이삭성당은 성 이삭의 날인 5월 30일에 태어난 표트르 대제를 기리기 위해 건립된 것으로 건설에 40년이 걸렸고 늪지대에 24,000개의 말뚝을 박고 건설하고, 고전주의 양식과 러시아 비잔틴 양식으로 건축된 성당은 112개의 화려한 화강암 기둥으로 장식했다. 내부의 벽화는 옥으로 모자이크를 했는데 12

성이삭 성당
건축기간 40년으로 프랑스 건축가 몽페랑이 지었는데 메인 돔의 전망대에 오르면 네바강변과 시내를 조망할 수 있다

성 이삭 성당 내부

성 이삭성당 바닥
천국의 문을 열 수 있는 황금열쇠

네바강변의 글쓴이 부부

년에 걸쳐 그렸으며, 훼손된 그림을 복구하는 데 14년 걸렸다. 기둥은 우랄 산맥에서 생산한 초록색 공작석으로 모자이크한 조각 기둥인데 높이가 101.5미터이며, 100킬로그램의 황금을 사용한 황금 돔과 성당 내부의 수용 인원은 1만 4천명 규모이고….

이런 전문가의 설명이 계속된다.

흥미로운 것은 성당의 그림 중 세례요한을 모두 여자처럼 그려놓았다. 우리나라 같았으면 그 화가는 이단이라고 퇴출되지 않았을까? (오히려 성 이삭성당을 건축한 프랑스 출신의 건축가 '몽페랑'의 컬러풀한 흉상을 성당 내에 전시하고 있다.) 창의력과 다양성을 존중해준 200년 전의 예술가를 대하는 러시아의 안목을 다시 본다.

점심은 꼬치구이 샤슬릭과 더불어 러시아 음식을 대표하는 스프 보르쉬(borshch: 돼지 뼈를 푹 고아 낸 국물에 빨간 비트와 토마토, 감자, 양파, 당근, 양배추를 넣고 오랫동안 끓인 것으로 우리의 국처럼 러시아사람들에게 사랑받는 음식)와 열매 주스인 모르스, 빵으로 했다. 어제 마린스키 극장에 갔던 얘기를 했더니 마린스키 극장의 수석 무용수 중에 한국인인 김기민 발레리노가 있는데 러시아에서 최고의 인기를 누리고 있어 그가 출연한 발레는 수 시간 만에 입장권이 매진된다고 한다.

에르미타주 미술관 & 표트르 대제의 여름궁전

　오전에는 세계 3대 미술관의 하나인 에르미타주 박물관을 방문했다. 에르미타주가 있는 겨울궁전은 이탈리아 천재건축가 라스트렐리가 바로크양식으로 지은 약 2천 개의 문과 창문을 가진 건축물로 약 3백만여 점의 방대한 소장품을 보유하고 있다고 한다. 한 작품을 감상하는 데 1분씩 걸린다고 하면 8년을 봐야 한다고 한다.

　어제처럼 현지 투어회사에 신청했는데 오늘도 우리 둘뿐이다. 상트페테르부르크대학 컴퓨터공학과 출신인 가이드 갈리아와 보조가이드로 우크라이나 출신 안나, 이렇게 4명이 한팀이다. 갈리아는 대학을 졸업하자 어머니가 이제 그만 집을 나가 독립하라고 해서 푸시킨 시에 산다고 한다. 컴퓨터 전공한 학도가 어찌 가이드를 하냐고 물으니, 관심이 있으면

에르미타주 미술관 내부

에르미타주 미술관 내부

어렵지 않다며 지금도 공부하고 있다 한다. 미술에 대한 충분한 설명을 듣기 위한 것이었는데 큰 도움이 되지는 않았다.

에르미타주는 건물 5개의 공간을 연결한 화려한 바로크양식의 미술관 내부장식도 인상적이지만 대부분의 전시품이 구입한 것으로, 예카테리나 대제부터 자신의 돈으로 다양한 소장품을 구입하였다고 한다. 인상파 그림의 대부분은 프랑스에서 이들의 작가를 좋아하지 않을 때 대량 구입했다고 한다. 대영박물관이나 루브르 박물관의 전시품 대부분이 약탈한 소장품으로 채워진 것과 비교된다.

우리나라도 고려청자와 불교 관련 소중한 문화유산이 일본에 약탈당한 아픔이 있다. 또한 1886년 한·불수호 통상조약 체결 후 프랑스에

에르미타주 미술관 파빌리온홀의 공작시계

서 가져가 2001년 유네스코 세계기록유산에 등재된 직지(상·하권으로 1377년 청주 흥덕사에서 발행한 백운화상초록불조직지심체요절은 금속활자로 찍어낸 책)는 서양의 금속활자본인 구텐베르크 '42행 성서'보다 78년이나 앞선 세계최초의 금속활자이다.

그들은 민족의 정신을 훔쳐간 것이나 다름없다. 우리 문화재는 반드시 고향으로 돌아와야 한다.

우리나라는 훈민정음과 조선왕조실록, 고려대장경판 등 13건이 세계기록유산으로 등재되어 있어 세계에서 네 번째로 많고 아시아 국가로는 최다 보유국이다. 자랑스러운 선조의 문화를 되찾기 위해, 정부도 국민도 약탈당한 문화재의 환수를 위해 꾸준히 노력해야 하지 않을까?

에르미타주에 가면 꼭 들러야 한다는 모 항공사 CF에도 나오는 파빌리온홀에는 화려한 황금공작시계가 있다. 실제 크기와 같은 세 마리의 새가(공작, 부엉이, 닭) 있는데 새들이 앉아있는 큰 버섯 속에 기계장치가 내장되어 있어 움직인다고 한다. 지금도 매주 수요일 오후 6시만 되면 새들이 움직여 시간을 알린다고 한다. 에르미타주 미술관의 소장품 대부분이 약탈한 미술품이 아니라는 것을 알리는 것처럼, 공작시계 옆에 1766~1772년 사업가 James Cox가 제작한 것을 왕자 Potemkin이 런던에서 구입하여 애인이었던 예카테리나 여제에게 선물한 것이라고 장문의 설명을 친절하게 게시하여 놓았다. 방문하였을 때는 시계의 움직이는 모습을 직접 볼 수 없고, 대신 작동하는 모습을 동영상으로 볼 수 있게 고화질의 모니터에서 재생하고 있었다.

파빌리온홀은 28개의 샹들리에와 고대 로마 욕장 바닥의 모자이크를 복제하여 르네상스 시대의 화려함을 재현해 놓았다.

신관에 위치한 현대미술관은 관람객들이 잘 알지 못해, 대부분 지나친 다는데 갈리아의 안내로 볼 기회가 있었다. 전시된 작품 중 〈렘브란트의 돌아온 탕자〉에서 고생 끝에 집으로 돌아온 아들의 등을 쓰다듬는 붉은 망토를 걸친 앞이 보이지 않는 늙은 아버지의 주름진 두 손과 중년의 나이 든 아들이 해진 신발 한쪽이 벗겨진 채 무릎을 꿇고 용서를 빌고 있는 모습의 분위기가 인상적이었다.

전시된 작품에서 〈다나에〉는 완벽하게 복원되어 있었다. 〈다나에〉는 1772년 프랑스에서 구입하였는데 1985년 전시장에 관람객(정신분열자)이 들어와 직원에게 이 방에서 어떤 그림이 제일 비싼 그림이냐고 묻고, 직원이 〈다나에〉를 가리키자 그림 중심부에 황산을 뿌리고 칼로 2번이나 그어 훼손시켰는데, 복구에 12년이나 걸려 1997년 공개한 화제의 작품이다. 자그마한 그림 한 점 복구에 12년이라니… 우리는 국보 1호인 남대문이 불탔어도 5년 만에 복구하는데, 러시아의 훼손된 그림복구가 늦은 것인지 아니면 남대문 복구가 빠른 것인지…?

야수파 거장 앙리 마티스가 세 가지 색(빨강, 파랑, 초록)만을 사용하여 캔버스에 유채로 그린, 다섯 인물이 추는 〈춤〉은 강렬한 색채의 표현으로 원근과 명암도 없는 그림이다. 물론 배경도 없는 단순한 그림이다.

루벤스의 방에 있는 그림들은 지난봄에 국립중앙박물관 리히텐슈타인 박물관 소장 명품전 '루벤스와 세기의 거장'들의 작품을 관람하였었는데 반가웠다. 레오나르도 다빈치, 피카소 등의 그림도 있다.

가이드 덕분에 에르미타주 박물관 내 레스토랑을 소개받아 버섯 수프, 샐러드, 잡채, 빵 등으로 식사를 했다. 러시아 가이드는 1년에 100불이면 에르미타주 박물관을 언제든지 방문할 수 있다고 한다. 일반관람객은 1회 관람에 600루블(33달러)이다. 2년 전보다 루블화의 가치가 반으로 떨어져 관광비용이 절약된다. 러시아는 한때 브릭스(BRICS)의 간판 국가로 꼽힐 만큼 강력한 성장이 기대되던 나라였으나, 푸틴이 우크라이나 자치공화국이었던 크림반도를 2014년 합병하자 서방의 경제 제재와 원유가의 하락으로 힘든 시기를 겪고 있다. 갈리아는 상트페테르부르크와 표트르 대제에 대한 긍지가 대단했다. 상트페테르부르크는 문화도시이지만 모스크바는 시골이며, 러시아 평균 급여는 800불인데 상트는 3,000불이라며 상트페테르부르크 예찬론을 폈다.

에르미타주 박물관 남쪽으로 궁전광장이 있다. 러시아 마지막 황제 니콜라이 2세는 집무실 바로 앞에서 노동자들의 2월혁명(1917)을 보고 무

슨 생각을 했을까? 혁명을 받아들이는데도 혁명을 제압하는데도 맞지 않았던 사람! 불운한 황제! 마지막 차르! 결국엔 우랄의 산속 예카테린부르크에서 가족과 함께 총살을 당하고 로마노프 왕조는 막을 내리는 비운의 인생이 되고 말았다.

오후에는 상트페테르부르크에서 30km 정도 떨어진 러시아의 베르사유 궁전이라는 뻬쩨르고프(여름궁전)를 네바 강에서 수중익선을 타고 핀란드만을 따라 아랫공원 선착장에 내렸다.

여름궁전은 표트르 대제가 러시아제국의 위엄과 황제의 권위를 과시하기 위해서 파티 장소로 만들었다고 하는데 9년이 되어 완공되었다고 알려졌지만, 실제로는 150년이 지난 후에야 모든 공사가 끝났다고 한다. 당시의 러시아와 유럽의 최고 건축가와 예술가를 동원하여 만들었다고 한다.

황금색 사자의 입을 찢고 있는 분수의 삼손은 표트르 대제의 러시아를, 사자는 스웨덴을, 분수 밑의 동물들은 주변국을 상징한다고 한다. 네바 강 옆 청동 기마상의 표트르 대제가 앞발을 들어 올린 말을 타고 오른손으로 네바 강을 가리키는 모습도 스웨덴을 무찌른다는 뜻이라고 한다.

여름 궁전은 자연이나 전원의 풍경 그대로를 볼 수 있는 불규칙한 형태의 나무들이 있는 영국풍의 정원과 외부로부터 격리되어 관람객의 동

선까지 제약하고 정원 내부의 나무들 형태 또한 정원사에 의해 모두 다듬어진 프랑스풍의 정원이 같이 있다. 20여 개의 궁전과 140개의 화려한 분수, 7개의 공원으로 이루어져 있는데, 공원은 여름에는 유료이고 겨울에는 분수가 가동을 중단하기 때문에 무료라고 한다.

화려한 황금빛 동상과 시원한 물줄기를 뿜어내는 넵튠 분수에 피곤함을 날린다. 돌아올 때는 버스(K424)와 기차를 탔다. 숙소로 돌아가는 길 우연히 한국식당 신라를 발견하고 오랜만에 입맛에 맞는 식사를 했다.

미하일로프스키 극장, 로미오와 줄리엣

상트페테르부르크는 백야 현상으로 밤 11시쯤 해가 떨어져도 완전하게 어두워지지 않는다. 새벽 3시 반에 일어나 네바 강의 궁전다리를 보러 가는 길 도로변의 가로등도 켜있지 않았다. 거리가 환하다. 새벽 1시에 네바 강으로 갈까? 했는데, 이때쯤이 소매치기가 가장 바쁜 시간이라 하기에 시간을 변경했다.

궁전다리

궁전다리는 새벽 1시에 다리를 들어 올려 큰 배를 통과시키고 4시에 원위치한다. 에르미타주 알렉산드로프 전승비가 있는 궁전광장도, 네바 강변도 사람이 없어 사진 찍기도 좋다. 들어 올린 다리 사이를 증기선이 기적을 울리며 통과하고, 그 반대편 네바 강 동쪽에서는 일출의 장관이 일어나고 있다.

카잔 성당 옆 그리보예도바 운하에 놓인 황금날개가 달린 사자의 동상이 있는 은행다리

새벽부터 시작한 다리투어는 모이까 강의 멋진 근육의 말 동상이 있는 아니히코프 다리, 레드다리, 블루다리, 키스다리, 사자다리, 사자 몸통에 독수리의 머리와 황금 날개를 가진 그리핀의 입에서 케이블이 연결되는 은행다리 등을 건너고 또 건넜다. 로맨틱한 환상을 가지고 어렵게 찾은 키스다리는 그저 다리일 뿐 주변에는 차량만 주차되어 있다. 이어 숙소 주변에 있는 돔끄니기(재봉틀을 만드는 Singer라는 회사가 만든 건물로 '책의 집'이란 뜻) 서점에 갔는데 진열된 책의 양과 규모가 엄청났다. 특히 소설류가 많이 진열되어 있다. 기념품과 문구류도 있고, 2층 카페 (Cafe Singer)에서는 넵스키 대로 건너편의 카잔 성당이 제일 잘 보인다.

호텔 앞 모이까 강을 따라 운하를 운항하는 유람선을 탔다. 북방의 베네치아라는 별명처럼 342개나 되는 다리가 운하에 놓여있다. 투어버스

궁전광장의 알렉산드로프 전승기념비

돔 끄니기 서점(일명 싱거빌딩)

카잔성당
네 줄로 늘어선 회랑, 기둥 등 외관이 로마'성 베드로 성당' 축소판이다
길 건너 '돔 끄니기'서점 2층 싱거카페에서 가장 잘 보인다

에서 관광한 것을 걷고 또 물의 도시 빼쩨르의 운하를 따라 복습하는 셈이다. 유람선은 시내 골목골목(운하)을 돌아 네바 강 멀리 핀란드만까지 다녀오는 코스였다. 시장에 들러 체리를 샀는데 한국의 반값이다.

한국 관광객들에게 인기 있다는 황실도자기 '로모노소프'가 명품이라기에 구경했는데 값이 비싸다. 그런데 더 놀란 것은 길 건너 ATT백화점에서였다. 세계의 명품이란 명품을 모두 모아놓은 화려함의 극치다. 경호원 차림의 직원에게 화장실을 물으니 말을 하면 안 되는 복무규정이라도 있는지 점원에게 문의하라고 손짓으로 알려준다(손으로 방향만 알려줘도 될 텐데). 전시된 백색 도자기(찻잔)값을 확인하니 황실도자기 대리점의 코발트색 로모노소프보다 10배 이상 값이 나가는 제품들이다. 물론 품질의 차이가 있겠지만 깨지면 둘 다 사금파리일 뿐인데.

점심은 까르쉔나야 거리 빨간 건물 1층에 있는 1958년에 개업한 삐쉬끼에서 러시아 도넛을 먹었다. 1개에 14루블로 값도 싸다.

저녁에는 푸시킨 동상이 있는 예술광장 한편에 있는 발레와 오페라 전용의 미하일로프스키 극장을 찾았다. 겉은 극장 같지 않고 오피스텔이나 주상복합 같은 3층으로 보이는 노란색의 건물이다. 큰 간판이 있는 것도 아니고 두껍고 오래된 나무로 된 문을 열고 들어가 정장을 입은 나이 든 직원이 관람객을 맞이할 때 비로소 세계 최고 발레전통의 프리미어 극장임을 실감케 한다. 3개월 전에 〈로미오&줄리엣(발레)〉 공연을 예매대행사를 통하지 않고 직접 극장에서 1/5 가격으로 구입할 수 있어 스툴(stall)의 Royal Circle 내의 좌석을 구입했었다. 오케스트라 피트가 바로 앞이다. 홀 내부는 궁전을 연상케 한다. 객석은 자작나무 바닥에 독립형 벨벳의자의 품위 있는 좌석이다.

무대가 열리기 전 오케스트라의 연주가 있고, 이어서 막이 오름과 동시에 발레리나가 옷깃을 펄럭이며 무대 높이 날아오른다. 모두 여신들 같은

미하일로프스키 극장

'로미오와 줄리엣'출연진의 무대인사, 줄리엣역의 Irina Perren과 로미오역의 Ivan Zaytsev

발레리나에 파워풀한 발레리노의 몸짓을 더 한다. 두 원수 가문, 카플렛 집안 줄리엣과 몬태규 집안 로미오의 운명적 로맨티시즘을 그렸다. 로비에서 판매하는 프로그램은 볼쇼이는 50루블인데 비해 100루블이다.

우리와 다른 점이 있다면 프로그램을 판매하는 이들이 좌석의 안내도 하는데 나이가 있는 사람들이다. 볼쇼이 발레보다 커튼콜도 길고, 관객들이 무대 앞까지 나와 촬영하는 사람이 많았다.

공연이 끝나고 밖으로 나온 시간이 10시 반인데 백야현상으로 환하다. 시내 가로등은 물론이고 피의구세주성당 외부 조명과 네바강가의 등불도 꺼져있다.

＊ 관람 후 형만이의 단상

이루어질 수 없는 사랑!

이루어질 수 없기에 더 애절하고 슬픈 것일까?

줄리엣과 로미오처럼, 서로의 사랑을 지키기 위해, 그녀가(그가) 없으면 사는 의미가 없다고, 살 수 없다고, 사랑을 지키기 위해 자기 목숨을 거두는 숭고한 사랑이 얼마나 있을까?

줄리엣과 로미오가 10대여서 가능했을까? 순수한 사랑이어서? 그대들은 10대에 연애를 안 하고 뭘 하셨는가?

사실 로미오가 처음으로 좋아했던 여자, 로잘린이 지네 집안 파티에 온다고 가면 쓰고 나갔다가 우연하게도 줄리엣에 반하여, 그렇고 그렇게 진행된 글재주 좋은 윌리엄 셰익스피어 비극 「로미오와 줄리엣」이다. 줄리엣은 로미오의 첫사랑이 아니었다. 두 번째 사랑이었다. 두 번째 사랑이 끝 사랑이 되었다. 사람의 마음은 알 수 없이 변할 수 있다. 10대 때나 지금이나. 끝 사랑! 끝 사랑을 잘해야 한다.

유럽의 창 상트페테르부르크에서 마지막 밤을 보낸다.

제2장

핀란드, 에스토니아

헬싱키행 열차 알레그로 & 무인호텔

호텔에서 Check out을 하는데 호텔 직원이 불편한 점은 없었는지 묻기에 편안했고 서비스가 좋았다고 칭찬했더니, 기분이 좋았는지 즐거운 여행이 되라며 초콜릿을 선물한다. 호텔에서 선물 받기는 처음이라 오히려 내가 기분이 좋았다.

핀란드 헬싱키에 가기 위해 뿔로쉬찌 레니나 지하철역에서 내려 핀란스끼 바그잘에 갔다. 국제선은 중앙건물 뒤 왼쪽에 있는 것을 모르고 한참의 시간을 허비했다. 나뿐만이 아니다. 다른 외국인들도 마찬가지다. 국제선도 특급열차 '알레그로' 출발하는 역과 완행열차 역이 별도로 있다.

Gate 통과할 때 보안검색이 철저하였다. 열차는 내부도 깔끔하지만 기차 내에서 파는 물건도 루블화가 아닌 유로화로 결제해야 하고, 기차 안

상트페테르부르크의 지하철역, 아름다운 모자이크 그림

에서 출입국 직원이 여권의 입국카드를 회수하고 스탬프를 찍어준다. 이
어 보안요원이 소지품을 물어보고 탐색견을 데리고 순찰한다. 헬싱키행
알레그로는 이런 과정을 아는지 기적을 울리며 정든 상트를 떠난다.

　굿바이 레닌그라드~

　차창 밖 풍경이 시베리아횡단열차와는 다르다. 숲이 불탄 흔적도 없
고 울창하고 아늑한 느낌이 든다. 승무원의 방송이 나온다. 열차 이름은
'Allego' 고속열차로 헬싱키까지 3시간 23분 걸리며… 안내가 이어지더니
열차 내의 편의 시설 등을 소개한다.

　러시아-핀란드 국경을 통과할 때는 표시도 없다. 숲을 통과하여 1시
간 27분 만에 핀란드의 Vainikkala 역에 도착하니, 출입국 직원이 승차
하여 여권검사를 하는데 러시아인은 꼼꼼하게 살핀다. 출입국 요원은 1

조 3인으로 검은 복장과 휴대한 장비가 대테러 특공대 같다. 나한테는 "핀란드에 왜 가느냐? 며칠 묵느냐? 다음의 여정은 탈린이라 하는데 그다음은? 또 그다음은?" 묻고는 사증에 스탬프를 찍어준다.

기차는 식당차 포함 7량 편성으로 내가 탄 차량은 40석이고, 다른 차량은 63석인데 식당차량이 바로 앞칸에 있어 편리했다. 식당의 인테리어와 분위기도 세련되었고, 종업원도 영어를 할 줄 알아 주문도 자유롭다. 점심 메뉴로 파스타와 샐러드, 커피를 시켰는데 25€로 값도 착하다. 어린이 승객을 위한 놀이기구도 있다. 차내를 돌아다니며 유로화 동전을 바꿔주는 서비스도 한다.

식사를 마치고 좌석으로 돌아오니 'Vistro Allergo'에 대하여 만족도 조사에 응해줄 수 있느냐고 승무원이 동의를 구한다. 승무원복의 로고를 보니 'VR'이다. VR은 핀란드 국영철도회사인데 러시아 국영철도회사 만족도를 핀란드 철도회사에서 직접면접 방식으로 하다니 특이하다. 주요 내용은 여행횟수, 상트–헬싱키 이용횟수, 시기, 종류, 만족도, 다시

헬싱키행 열차 'Allergo'

헬싱키 중앙역 옆 자전거 수리센타 및 안내소, 자전거 여행에 대한 안내와 점검 등을 무료로 한다.

이용할 의사는 있는지, 권유 가능, 등등이다. 헬싱키에 다가갈수록 차창 밖은 온통 초록색의 신록이 어우러진 숲과 푸른 하늘, 뭉게구름이다. 6월의 여행이어서 더 푸르다. 핀란드 구간에서는 VR 승무원이 함께 탑승하여 다음 여행지로의 발권 등을 도와준다. 잡지도 영어판이 서비스되고, 다음 정차역과 정차시간 등을 알아들을 수 있어 긴장감이 줄어든다.

리투아니아의 빌뉴스에서 러시아의 칼리닌그라드까지 기차여행이 한 번 더 남아있지만 이렇게 좋은 기차여행이 있을까?

헬싱키 중앙역에 도착하여 호텔에 체크인을 하려 했지만 아예 호텔에 들어갈 수도 없었다. 무인호텔을 예약했는데 하루 전에 e-mail로 Room number와 Door cord 5자리를 받았었다. 체크인 시각 전이라 Door cord가 작동이 안 될뿐더러 엘리베이터도, 출입문도 작동할 수 없었다.

할 수 없이 호텔 바로 앞 쇼핑센터인 FORUM에 갔다. 내부는 화장실부터 휴식 의자와 매장, 복도 어느 것 하나 정형화된 것이 없다. 디자인의 도시답다.

중앙역 앞에 있는 자전거 수리 센터는 각종 공구가 비치되어 있어 누구나 무료로 사용할 수 있고 잘 모르는 사람들을 위하여 도움을 주는 사람이 상주하고 있었다. 친환경적인 교통수단으로 자연을 보호하고, 매일 적당한 운동으로 건강을 지키면서 움직인 만큼 만족을 얻는 그린시티의 헬싱키. 자전거를 빌려주는 시티바이크가 도시 곳곳의 자전거 거치대에 있다. 워킹투어 대신 사이클링투어 프로그램과 헬싱키 국제자전거박람회를 알리는 포스터도 붙어있다. 도로에는 자전거 통행을 배려한 도로 시스템에 맞추어 별도의 길이 구분되어 있다.

체크인 시간에 맞게 호텔에 도착하여 방문을 여니 오! 가구가 모두 스칸디나비안 스타일이다. 탁자와 의자, 목욕 부스와 주방용품 수납장, 빨간색의 멋진 디자인에 더해 별도의 chair bed 2개도 빨간 커버를 입혀 놓았다. 바닥은 오크 무늬목으로 조화를 이룬다. 이번 여행 중 제일 비싼 호텔인데 인정 안 할 수 없다. 우린 2명이 이용하지만 chair bed를 이용하면 4명이 투숙할 수 있어 여러 명이 이용한다면 경제적일 수 있겠다. 그러나 비즈니스로 투숙하는 사람이면 괜찮겠지만 여행자라면 이른 체크인은 물론이고, 조식도 호텔에서 추천하는 식당까지 외부로 나가야 하고, 체크아웃을 일찍 하고 구경하려면 짐 보관도 해야 하고, 리셉션에 관광안내와 교통에 관한 예약, 음식점 추천 등 여러 잡다한 문의를 할 경우도 있을 텐데 다시 이용할 생각은 없다.

바위를 깎아 만든 암석교회(템펠리아우키오 교회)와 헬싱키시 외곽에 있는 핀란드 민족주의 음악가 시벨리우스를 기리기 위해 만들어진 시벨리우스 공원에 갔다. 교향시 〈핀란디아〉의 작곡가이다. 바위에 24t의 강철이 사용된 파이프오르간 모양의 기념비와 시벨리우스 두상이 조각되어 있다. 공원에 키스하는 조각이 있어 사진을 찍고 있었더니 부근에 있던 사람이 나도 그 조각이 좋아서 보고 있었는데, 하면서 말을 건넨다. 스페인에 산다고 하기에 작년에 카미노 순례자로 산티아고 콤포스텔라에 갔었다고 했더니 자기가 스페인 갈리시아 지방에 산다고 나를 끌어안고 반가워한다.

예전에 방문했을 땐 미처 못 보았던 Toolonlaii(툴룬) 호수에 비치는 하늘과 구름, 주변 집들과 호수에 노니는 오리, 철로를 달리는 기차 등 멋진 풍경에 사진을 찍고 또 찍었다.

저녁 9시에 레스토랑에 갔으나 영업이 끝나고 문이 닫혀있어, 주류를 판매하는 곳에서 닭요리를 시켰다. 소스 종류가 많아 종업원에게 문의하여 추천하는 것으로 주문해서 먹어보니 맛있었다. 종업원을 불러 네가 추천한 소스가 맛있는데 이름이 무엇이냐고 물었더니 'Buffalo' 소스라 한다. 매운 소스를 주문할까 했는데 추천받기를 잘했다 싶다.

마실 것을 주문하라기에 술은 안 한다 했더니, 물은 공짜라 한다. "나 ~ 공짜 좋아하는데 가져다줘!" 했더니 얼음물과 술안주인 팝콘을 갖다준다. 식사 도중에 와서 맛있냐고 물어보고, 미소 지어주고, 경치 좋고, 친절하고, 음악 좋고, 음식 맛 좋고, 잠자리 좋고, 물가 비싼 헬싱키에서 지갑 열고 싶어진다.

툴룬호수

장 시벨리우스 공원에 있는 시벨리우스 두상

핀란드 최대의 민족주의 음악가 장 시벨리우스를 기리기 위해 만든
파이프 오르간 모형의 기념비로 강철 24t이 사용되었다

헬싱키 쇼핑센타 FORUM

핀란드는 자연경관과 쇼핑아이템, 관광서비스도 좋지만, 세계에서 여행하기 가장 안전한 나라라고 한다. (2016년 세계경제포럼 WEF에서 전 세계 141개국을 대상으로 관광산업 경쟁력을 평가하면서 테러, 폭력, 일상적 범죄와 함께 범죄로부터 보호해줄 수 있는 경찰서비스 정도 등을 고려한 '안전과 치안' 분야를 조사한 결과 1위를 차지했다. 안전하다고 여기는 한국은 61위를 차지했다.)

아~ 좋은 게 하나 더 있다. 시내 인포센타에서 한 묶음 지도와 안내서도 얻을 수 있다. 지도와 안내서를 펼치면 수많은 화장실이 표시되어 있다. 물론 Free!

물 마시고 물 버리는 게 공짜다.

핀란드 카페 파체르(Cafe Fazer)

항구에서 헬싱키만의 수로를 따라 운행하는 유람선을 탔다(Canal Route). 섬을 연결하는 다리 밑을 지나고 섬과 섬 사이를 운항하는 근해 투어다. 5월에서 9월 까지만 운항한다고 한다(추운 10월에서 4월까지는 운항을 않는다고 한다).

선착장 앞 마켓광장(카우파토리)에는 온갖 과일과 생선, 요리한 음식을 파는 곳과 기념품을 파는 가게가 있다. 항구가 내려다보이는 높은 곳에 위치한 우즈펜스키 대성당은 러시아의 지배를 받던 시절에 지어진 서유럽 최대 규모의 러시아 정교회 성당으로 1868년 성모승천을 기념하여 건물 전체는 붉은 벽돌의 비잔틴 슬라브 양식으로 지어진 교회다.

점심 후 항구에서 가까운 곳에 있는 핀란드 최고의 카페 파체르(Cafe Fazer)에서 제일 맛있다는 부다페스트 케이크와 카푸치노를 마셨다. 1891년에 창업하였다고 창문에 쓰여 있으니 125년 된 카페다. 카페 바닥과 천장 등 장식이 문화재로 지정되었다고 한다.

페리 예약 부스에서 내일 출발할 에스토니아 탈린행 배편을 예약했는데 '실자라인'은 이용해 보았기에 '바이킹라인'을 예약했다. 아침과 저녁에 출항하는 뱃삯보다 11시 30분 배편의 운임이 두 배 비쌌다.

헬싱키 최대 백화점인 Stockmann에 구경을 갔다. 관심 있는 의자는

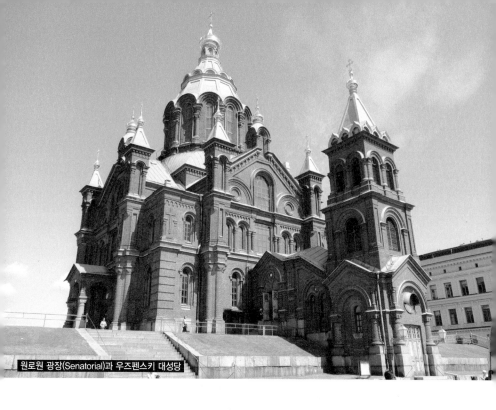

원로원 광장(Senatorial)과 우즈펜스키 대성당

헬싱키 대성당(Tuomiokrkko)

STOCKMANN 백화점 앞

카페 파체르, 125년 역사를 가진 카페

거리의 카페

거리에 악대가 지난다

심플하면서도 가격이 만만치 않았고 조명기구는 청소하기 힘들게 만들어진 것일수록 가격이 비싸 생각보다 동그라미 하나가 더 붙어있다. 핀란드에서 유명하다는 이딸라(Iittala)와 톡톡 튀는 디자인의 마리메코(Marimekko)도 좋았지만 핀란드 대표 도자기 브랜드 ARABIA의 하얀색 찻잔을 구입하였다. 저녁에는 상트페테르부르크에서 먹고 싶었던 핀란드 대표 Fast Food, HesBerger에서 햄버거를 먹었는데 빵이 얇고 고기의 크기도 적당했다.

헬싱키 중앙역

발트(발틱) 해를 건너 탈린으로

새벽에 일어나 헬싱키 시내와 부둣가를 산책했다. 백야 현상으로 밤에도 환하게 밝으니 주민들은 도대체 어떻게 생활할까? 트램은 6시부터 운행이라 시내버스만 간간이 보인다. 거리는 어젯밤이 어떠했는지 온통 쓰레기로 덮여 지저분하다. 공원과 부둣가에는 아직도 술에 취한 사람들이 졸고 있다. 모스크바와 상트페테르부르크는 거리에 쓰레기통이 전봇대 간격만큼이나 놓여 있고 수시로 청소를 하는데 비하여 헬싱키는 쓰레기통도 없고 낮에는 청소를 안 하고 아침 한번 하는 것과 비교된다. 여기도 젊은이들의 밤 문화 유산인가?

여객선 터미널은 토요일이라 그런지 헬싱키 시민들이 가족들과 함께 짐을 실어 나를 수 있는 캐리어와 큰 가방을 가지고 물가가 싼 에스토니아 탈린으로 시장을 보러 가는 행렬이 많다. 여객선 탑승권에 아예 인쇄(1인당 와인 90, 위스키 10, 맥주110 병 이상 가지고 승선할 수 없다고)가 되어있다. 대합실에서는 기다리는 승객을 위한 오락이 이어지고 사람들이 북적대는 진풍경이 벌어진다. 개도 고양이도 주인 따라 해외로 시장 보러 가는 것이다. 예약티켓을 보딩패스와 교환할 때 보니 주민들은 아예 정기권이 있다. 보딩브릿지에 가는 줄도 따로 없다. 서 있으면 사람들에 밀려 저절로 나가게 된다. 줄 서는 것은 선진국과 거리가 멀다. 승

이른 아침 텅빈 헬싱키

페리 대합실

에스토니아 탈린에서 헬싱키로 출발한 페리'탈링크'

헬싱키 항구

선 정원이 2,500명인데 선실의 좌석과 레스토랑, 뮤직펍 어디를 가도 앉을 자리가 만석이다. 아케이드, 로비 바 마찬가지다. 젊은이들은 아예 바닥에 앉아 가는 사람도 있다. 일찍 배를 탄 덕분에 배 앞부분 레스토랑의 전망 좋은 곳에 자리했다. 길게 뱃고동을 울리며 핀란드만을 떠나 발트 해로 나아간다.

발트 해는 제일 깊은 곳이 459미터로 바이칼 호수의 1/3도 안 된다고 한다. 부피도 바이칼 호수보다 조금 작다.

발트 해의 진주라는 에스토니아 탈린에는 2시간 반 만에 도착했다. 탈린은 덴마크인들이 건설한 도시로 북유럽의 정취를 느낄 수 있다. 탈린은 에스토니아어로 '덴마크의 도시'를 뜻한다. 마침 도착한 날 도시 전체가 6월 1일부터 5일까지 축제 기간이다. 골목골목이 모두 갤러리다. 진한 역사가 배어있는 비루문을 시작점으로 미로 같은 좁은 골목을 이리 돌고 저리 돌아 중세무역으로 번성했던 화려한 길드 문양이 가득한 거리에는 당시 상공업자들의 공동조합조직인 검은머리전당 등의 길드(guild) 건물들이 있다.

구시가지의 카타리나 골목과 지금은 호텔이 된 세자매 건물, 뚱뚱한 마가렛 성탑을 거쳐 탈린의 가장 높은 톰페아 언덕에 올랐다. 이곳은 중세 에스토니아의 영주와 주교들이 살았던 곳으로, 파트쿨리 전망대에선 구시가지 전경과 비밀처럼 숨어있던 골목의 풍경들이 보인다. 멀리 탈린 항구의 크루즈도 보인다. 구시가지의 빨간 지붕과 성당의 뾰쪽한 첨탑, 섬과 발트 해의 푸른 바다를 눈에 담고 또 담는다.

톰페아 언덕 전망대에서 발트해와 톰페아성이 보인다.

전망대에서 성벽을 따라 내려오면 에스토니아인들이 기부금을 모아 아로새긴 동판을 성벽에 붙여 놓았다. 글귀 내용은 "러시아 첫 대통령 보리스 옐친이 에스토니아를 평화롭게 독립할 수 있게 명예로운 역할을 한 것을 기억하며"라고 되어있다. 그는 공산주의를 포기하고 종교의 자유를 허락한 사람이기도 하다.

저녁 7시 40분, 알렉산더 네프스키 성당의 신부님께서 성당 문을 닫

In memory of Russia's first president, Boris Yeltsin, to honour his role in the peaceful restoration of Estonia's independence in 1990-1991.

The bas-relief was funded by donations from the people of Estonia and inaugurated in August, 2013.

В память о первом президенте России Борисе Ельцине за его вклад в мирное восстановление независимости Эстонии в 1990-1991 годах.

Барельеф создан на пожертвования жителей Эстонии и открыт в августе 2013 года.

Venemaa esimese presidendi Boriss Jeltsini mälestuseks, tema panuse eest Festi iseseisvuse rahumeelses taastamises aastatel 1990-1991.

톰페아 언덕 광장에 있는 러시아가 에스토니아를 지배하던 시절의
러시아정교회 '알렉산데르 네프스키'교회

톰페아 언덕의 Epping Tower

고 퇴근하시는데, 오버타임(?)을 끝내고 기다리다 뒤따라 같이 퇴근하는
사람이 있다. 성당의 문 앞에서 구걸하는 사람이 근무 시 필요한 장비인
깔개와 거적, 금고인 깡통을 들고 뒤따른다.

공원언덕에 자리한 감시탑은 '키에크 인 데 쾨크'라 하는데, 군인들이
성 아래 가옥의 부엌까지 훔쳐볼 수 있다는 뜻을 갖고 있다

라에코야 광장의 노천카페는 손님이 가득하고 가설 무대에서는 탈린
축제를 기념하는 에스토니아 TV 주최 음악페스티벌을 많은 시민이 즐기
고 있다. 탈린 도시 전체가 축제이고 온 시민들과 관광객이 어우러진다.

저녁 식사는 일식집에서 했다. 근래 여행에서 느끼는 것은 일식(또는
스시)집이 부쩍 많아진 것을 느낄 수 있다. 스시의 세계화, 표준화라 할
까? 어디를 가도 비슷한 메뉴의 일본음식이 많아졌다. 음식문화의 수출
에 대한 일본의 관심을 느끼고 겪는다. 우리와 대비된다.

익히지도 않은 생선을 요리로 내놓는다고 '야만인 음식' 취급을 받던
일식을 이제는 일식을 모르면 상류층이라 할 수 없다는 인식을 심어준

일식의 세계화! 일식을 먹기 위해서 젓가락질을 배운다는 외국인들! 어쩌다 해외에서 마주친 한국식당을 가서 느끼는 것과 달리 일본은 요리에 인생을 건 요리의 장인으로 승부하는 듯 더 짜임이 있고 체계화되고 계량화되었다고 할까?

(한국 음식은) 우리가 먹기 맛있으니까 외국인이 먹더라도 맛있겠지, 하면 오산이다. 냄새나는 젓갈과 마늘이 들어가고, 맵고 짠 음식을 로컬라이징 할 필요가 있지 않을까? 오리지널이라고 다 좋은 게 아니다. 해외 한국식당은 수요층이 대부분 한국인으로 단체 여행객 또는 현지 교포나 상사 주재원 등이다.

세계인의 입맛을 사로잡기 위해서는 '한식의 세계화'보다는 '한식의 현지화'가 어떨지 생각해본다. 현지인 식탁의 다양성을 구성하는 한 번쯤 먹어보는 이색요리 수준에서 벗어나 존재감 있는 K푸드를 기대해 본다. 음식이란 단순한 상품이 아니라 문화를 전파하는 것이다.

음식문화의 역사가 유구한 중국 북방지역의 밀가루 음식인 자장면을, 형태는 유사하지만 느끼하지 않고 우리 입맛에 맞는 자장면으로 조리하여, 단무지와 생양파에 춘장을 찍어 사각사각 소리를 내며 먹게끔 한국화(현지화)한 것처럼 그럴 수는 없을까? 인도의 스파이시한 카레가 사용하는 다양한 향신료의 맛을 살리기보다는 맛과 향, 매운 정도를 각 나라의 현실에 맞게 레시피하여 세계의 음식이 된 것처럼.

에스토니아 국립공원 라헤마(Lahemaa)

항구 도시여서 그런지 갈매기 울음소리에 잠이 깼다. 오늘은 에스토니아 국립공원인 라헤마(Lahemaa)에 가기로 했다. 수도인 탈린에서 동쪽으로 100km 떨어져 있는데, 국립공원까지 가는 대중교통이 없어 현지투어를 이용했다.

라헤마는 러시아와 국경을 맞대고 있는 나르바로 가는 길목에 있는데, 마침 가이드가 나르바 출신이다. 가는 도중 서해의 변산 채석강 같은 퇴적암으로 이루어진 폭포가 있는 것으로 보아 이곳의 지질이 예전 육지의 호수였음을 짐작게 한다.

국립공원입구에서 가이드가 에스토니아 역사, 독일과 소련의 전쟁, 에스토니아 독립 등에 대하여 30분이나 설명한다. 열정이 대단하다. 독일 점령지인 이곳에서 승리한 소비에트연합으로 국가가 바뀌었다고 한다. 교통이 불편한 라헤마의 오지에 오길 잘했다는 생각이 든다.

버스 출발할 때 앞자리에 앉으려 했는데, 독일 여자들이 잽싸게 앉아버렸다. 한국의 아줌마 대표선수들보다 빠르다. '아줌마들이 역시 날쌔!' 생각하고 있는데 중간쯤에서 우리한테 앞자리를 양보한다. 괜찮다고 했더니 대신 일본인 부부가 자리를 바꾸었다.

로즈마리 향 가득한 라헤마 국립공원은 야생목화도 많다. 습지와 숲, 호수, 늪으로 구성되어 있다. 호수에 비친 하늘과 구름, 주변의 숲이 어우러져 장관을 이룬다. 습지의 진흙을 밟으면 수렁같이 들어가지만 이끼 같은 풀을 밟으면 쿠션이 있는 스펀지 같이 빠지지 않고 푹 들어갔다 다시 원위치한다.

공원을 하이킹하기에 위험하지 않도록 나무로 길을 만들어 놓았다. 놀이터 시이소, 그네, 우물… 모두 나무가 재료다. 지붕의 재료도 너와집이거나 밀짚이다. 천연림의 둘레가 370km라고 하는데 안내자가 없으면 엄두도 못 낼 트레킹을 했다.

점심은 현지주민의 집에서 연어스테이크, 감자요리, 초콜릿 디저트 등으로 했다. 인근 바다에서 잡은 연어로 요리했다고 하는데 맛이 좋다. 주인이 연어는 인터넷 주문이 많아 홈피가 다운될 정도이고, 러시아 대통령 푸틴도 여기서 잡은 연어를 먹는다고 자랑이다. 푸틴이나 우리나 재료는 같은데 요리하여 내놓는 그릇이 다르다면 다르겠지.

라헤마 국립공원의 전망대

에스토니아 라헤마 국립공원의 밀짚 지붕 주택

라헤마 국립공원의 늪지대

식사자리에서 이스라엘에서 온 부인이 오늘 사계절을 경험한다 말한다. 더웠다가, 진눈깨비가 내리기도 하고, 천둥과 함께 우박까지 온다.

부인께서 탈무드를 아느냐고 식사자리에서 묻기에 기원후 200년경 유대인의 율법학자인 랍비들이 구전된 법을 집대성한 것으로 유명 고전이라고 했더니, 내게 히브리어를 아느냐고 묻는다. 유대인의 언어인 히브리어는 모르지만 탈무드 책이 많아 읽고 소장하고 있으며, 고전은 인생의 거울이며 지침서라고 하였더니 좋아한다. 자기는 부산에 여행한 적이 있으며 설악산 등반도 하였다고 하기에, 흔들바위 얘기를 했더니 웃으며 로프를 타고 산에 올랐다고 자랑을 한다.

핀란드, 에스토니아는 연어가 풍부하여 연어 들어가는 요리가 많다, 요즘 매일 연어를 먹었다. 스시 집에도 연어를 재료로 한 요리가 많다.

라헤마 국립공원의 숲

소비에트연방 극비 해군기지였다는데 에스토니아 독립 후 러시아에서 기지 시설을 뜯어가고 그라피티와 낚시질하는 강태공만 외롭게 있다

시모노세키에서 왔다는 일본인 부부도 10년 전 부산으로 도착하여 새마을호를 타고 신촌에 갔었다고 하면서 부인이 우리의 코이카(KOICA)와 같은 기구인 자이카(JICA)에서 근무하면서 중미의 자메이카에 2년 주재하여 에스파뇰어를 조금 할 줄 안다고 한다.

오후에는 소비에트연방 때 나토에 대비한 극비해군기지 있었다는 해안을 방문하였다. 에스토니아 독립 후 보안을 위해 러시아에서 다 뜯어가고 황량하게 남은 콘크리트 시설물에는 그라피티를 그려놓았고, 부서진 선착장에는 낚시꾼이 한가롭게 낚싯줄을 드리우고 있다.

중세풍의 식당 올데 한자(Old Hansa)

탈린에서 남서쪽으로 99km에 위치한 아늑한 해안도시인 합살루 가는 고속도로 주변은 울창한 숲으로 우거져있고 민가는 별로 보이지 않는다. 버스 앞자리에서 보이는 풍경이 아이맥스 영화관 영상처럼 다가온다.

꽃 속에 내가 있다. 내가 꽃 속에 있다. 쭉쭉 뻗은 전나무, 소나무, 라일락, 해당화와 이름 모를 꽃 등, 평생 볼 꽃들을 오늘 하루 만에 다 보는듯하다. 공원을 본 게 아니라 보이는 게 모두 공원이다.

합살루 대주교성 부서진 성곽

　합살루 해변 진흙은 19세기부터 머드로 유명하여 미용에 관심이 있는 이들이 많이 찾는다고 한다.

　북쪽의 베이케 비크(Vaike Viik) 해안은 바다 가운데 반도가 툭 튀어 나온 형태를 취하고 있어 작은 호수란 뜻인데 산란기의 갈매기가 떼 지어 작은 섬 안에 있다. 예전의 합살루 역이 기차박물관으로 입장료가 무료였다. 잘 보존된 역사에 증기기관차와 소련 시절의 디젤전기기관차 등이 선로에 놓여있다.

　시내 중심가에 위치한 대주교성은 중세성곽으로 둘러싸인 곳에 성당이 자리하고 있다. 종탑의 좁은 계단을 오르니 작은 시내가 내려다보인다. 해안가 공원에는 에스토니아 최초작곡가인 루돌프 토비아스 흉상이 있다.

　발트 해의 겨울은 추워서 앞에 보이는 2km 정도 거리에 있는 섬까지 얼음 위로 자동차를 타고 갈 수 있다고 한다. 바이칼 호수처럼 꽁꽁 얼어버린다고 한다.

에스토니아는 기름값이 싸다.
그럼에도 불구하고 전기차를 위해 충전설비가 마련되어 있다. 그것도 숲속에…

    탈린 거리의 레스토랑은 날씨가 추운데도 내부보다 외부 테이블에 사람이 더 많다. 춥다고 하면 둘러쓸 담요를 가져다준다. 저녁 식사는 구시가지에 있는 중세풍의 식당 올데 한자(Old Hansa)에서 했다. 중세풍의 인테리어에 종업원들이 중세시대의 복장으로 서빙을 한다. 3층으로 올라가는 계단 중간에는 손을 씻을 수 있게 중세시대의 그릇에 항아리로 물을 부어주는 중세복장의 요정 모자를 쓴 예쁜 아가씨가 있다. 과거 중세시대로의 순간이동 시간여행을 온 것 같은 느낌이다.

    음식메뉴는 야생돼지, 양, 버펄로, 사슴고기 등으로 요리한 메뉴와 여러 가지 소스 등이 있는데 독특한 향신료를 사용하여 우리 입맛에는 맞지 않았다. 한자동맹시대 사람들이 먹었다는 에스토니아 전통요리는 비록 건강식(레드/블루/블랙 베리, 양파장아찌, 야채샐러드) 같았지만 비싸고 별로였다.

'올데 한자' 중세식당

음식점 앞 길거리의 목재 수레에서는 중세복장의 민속의상을 입은 아가씨가 아몬드와 꿀, 후추, 허브와 계피를 볶아 만든 구운 아몬드를 팔고 있다.

잊지 않으리, 패르누(Parnu)!

이른 아침 탈린 항구의 쇼핑몰을 찾았다. 헬싱키에서 배를 타고 올 때 헬싱키 시민들이 빈 가방과 캐리어를 가지고 오기에 도대체 무엇을 사 가지고 돌아가려는 것일까 궁금하였었다. 항구 선착장 앞에 큰 쇼핑몰 2곳이 있는데, 의류와 가방, 안경, 과자, 생필품 등으로 동대문 상가나 남대

고딕양식의 600년 된 구시청 청사와 광장. 뾰쪽 첨탑까지 걸어 올라가면 탈린의 전경과 발틱해가 보인다.

문 도깨비시장 같았다. 커다란 건물 1층 전체가 주류를 파는 곳이다. 핀란드에 비해 에스토니아 물가가 상대적으로 저렴하여 생필품을 사가는 것이다.

뚱뚱한 마가렛 성탑(Park Margaareeta)에 있는 3층으로 된 해양박물관은 탈린 항구에서 배 만드는 과정과 항해에 관한 장비 등을 전시하고 학생들의 학습에 도움이 될 수 있게 많은 자료를 전시해 놓았다. 마가

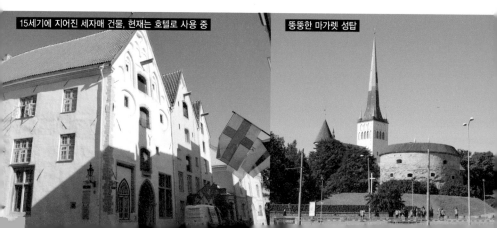
15세기에 지어진 세자매 건물, 현재는 호텔로 사용 중

뚱뚱한 마가렛 성탑

렛 성탑 지붕 위에 있는 카페에서 구 시청 종탑과 발트 해, 탈린의 골목을 감상하면서 차 한 잔을 하는 호사를 누린다.

  북유럽에서 유일하게 남아있는 고딕양식으로 지어진 구 시청청사의 뾰족한 첨탑의 250개 계단을 올랐다. 1406년에 건설되었으니 600년이 넘는 건물이다. 하절기에만 건물 내부에 들어갈 수 있다고 한다. 앞에 보이는 전경은 하얀 벽 빨간 지붕, 푸른 하늘과 구름. 중세의 건물 속에 내가 있다. 시간이 멈춘 중세의 골목이 동화 속 거울의 풍경이다. 그 거울 속에 내가 있다.

  탈린 버스터미널까지 시내버스를 타고 세 정거장을 이동했다. 에스토니아의 여름수도라고 불리는 패르누까지는 남쪽으로 130km인데 버스 안에서 와이파이가 되는 것은 물론 시내 어디에서도 이용할 수 있었다.

탈린시가지, 멀리 알렉산데르 네프스키 교회가 보인다.

페르누 성당

정갈한 시내 전체가 공원이다. 호텔이 구시가지 버스 터미널 바로 앞이다. 이번 여행 중 별이 가장 많았던 호텔 중의 하나이다. 발코니에 놓인 테이블에서 바라보이는 시가지와 빨갛게 물든 석양의 분위기에 세계 언어인 와인이 담긴 잔에 마음을 섞어 행복을 자축하고 남은 여정의 설렘이 기대한 대로 될 것을 주문한다. 도심과 자연의 풍경이 어우러져 있다.

아~ 에스토니아의 홍시 같은 해 질 녘 붉은 노을이여~
내 잊지 않으리 ~ 페르누(Parnu)!

아직 밤 열 시인데 대낮 같다. 쇼핑센터 윈도에 있는 마네킹이 멋있어 보이는 남방을 입고, 어때요! 하기에… 좋아요! 멋져요! 하면서 충동구매를 했다.

제3장

라트비아, 리투아니아

건물 꼭대기의 금빛 수탉(동상)

이른 아침 패르누 해안에는 서핑보드와 윈드서핑을 합친 스포츠라이더가 묘기를 부리고 있다.

행글라이더와 같은 기구를 어깨에 연결된 줄에 걸고 서핑보드를 즐기다가 바람을 타고 솟구칠 때 공중으로 올랐다가 바다로 떨어지며(공중제비를 돌고) 묘기를 부린다. 지칠 줄 모르고 타는 그들이 부럽고, 묘기가 부럽고 파도와 험한 바다가 두려운 나는 감탄만 나온다.

백사장은 폭이 넓고 바다 쪽 모래는 진흙처럼 굳어있어 해변을 걷기도 해수욕하기도 좋은 구조다. 백사장에서 육지 방향은 갈대숲으로 이어졌는데 숲 가운데 호수 위로 나무 데크가 놓여있어 해안 절경과 숲을 감상할 수 있게 되어있다.

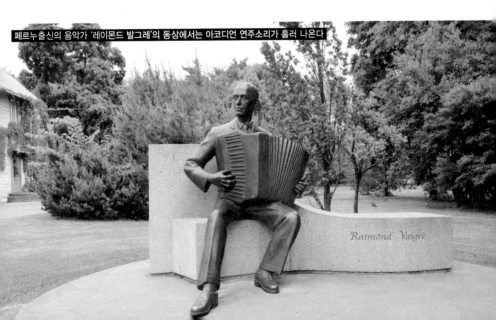

페르누출신의 음악가 '레이몬드 발그레'의 동상에서는 아코디언 연주소리가 흘러 나온다

17세기 패르누가 한자
동맹의 도시로 번성하던
시절 탈린에서 오는 상인
들이 항상 통과했다 해서
붙여진' 탈린의 문' 옆 아
름다운가게 중고 판매점

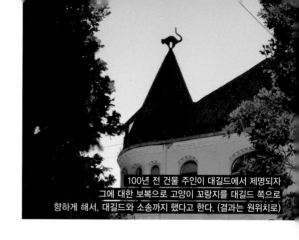

100년 전 건물 주인이 대길드에서 제명되자 그에 대한 보복으로 고양이 꼬랑지를 대길드 쪽으로 향하게 해서, 대길드와 소송까지 했다고 한다. (결과는 원위치로)

에서 작은 도기 하나와 도자기로 된 양초홀더, 나무그릇을 샀다. 모두 합쳐 3.5€이다. 아름다운 가게를 나오니 소낙비가 내리고 있다. 처마 밑에서 소낙비가 그치기만을 기다리고 있었다.

천둥 번개가 울어대며 장대 소낙비가 쏟아질 때면 긴 노래~ 몽환적인 목소리 '이연실의 노래 〈소낙비〉가 생각난다.

누구를 만났니 내 아들아
누구를 만났니 내 딸들아
나는 검은 개와 걷고 있는 흰 사람을 만났소 남편밖에 모르는 아내도
만났소
소낙비 소낙비 소낙비 소낙비
끝없이 비가 내리네 ♬

어디로 가느냐 내 아들아
어디로 가느냐 내 딸들아
나는 비 내리는 개울가를 돌아갈래요 뜨거운 사막 위를 걸어서 갈래요

빈손을 쥔 사람들을 찾아서 갈래요
내게 무지개를 따다 준 소년 따라갈래요
소낙비 소낙비 소낙비 소낙비
끝없이 비가 내리네 ♪

(소낙비와 함께 잠깐 추억에 빠졌다.)

페르누에서 라트비아 수도 리가행 버스는 완행과 급행이 있는데 Lux Express를 이용했다. 가격은 14€(완행은 8€) 차표는 어제 길 건너 인 포부스에서 예약했다(버스터미널에서는 버스표를 팔지 않는다). 좌석에 는 회사 홍보잡지가 비치되어 있고, 앞좌석에 Buspad가 부착되어있어 영화, 음악, 엔터테인먼트, 게임 등 프로그램을 즐길 수 있다. 음료, 커피 가 무료 서비스되고 인터넷도 무료다.

어느덧 버스는 국경을 넘고, 마침 캐리 멀리건이 나오는 영화가 있기에 봤다. 페미니스트 작가 토머스 하디 소설을 영화화한 로맨틱 멜로 〈Far from the madding crowd(성난 군중으로부터 멀리)〉이다. 고등학교 다 닐 때 당시 최고의 배우 오마샤리프가 주연도 했던 영화인데 작년에 원 작을 다시 영화화한 작품으로 홍보포스터에서 검술시범을 잘하는 미남 군인 프랭크 트로이(톰 스터리지)와 밧세바 에버딘(캐리 멀리건)의 입맞춤 장면이 멋져 보여, 꼭 봐야지 했는데 시기를 놓쳐 못 봤었다.
내용은 한 여자를 사이에 둔 세 남자라는 인물 관계가 이야기 중심인데 세 남자의 사랑을 받는 여자의 선택은?

첫 키스 한 남자를 떠나 참나무 같은 남자, 첫 구혼자 가브리엘 오크와 함께(둘이 초원을 향해 사라지며 영화는 엔딩이다.) 하는 뻔한 이야기지만 멜로가 좋다. 파티에서의 춤추는 캐리 멀리건과 초원에서 밀착 가죽 재킷 차림의 말을 타는 장면이 어른거린다. 집에서는 TV 드라마를 한 편도 보지 않지만 영화는 좋다.

19세기에 건축 된 아르누보양식의 건축물

발트 3국 한가운데 위치한 라트비아는 클래식카메라 미녹스가 최초로 생산된 곳이다. 바이킹의 무역항이었던 리가는 독일 브레멘 출신의 알베르트 북스헤브덴이 독일 기사단(일명 튜턴 기사단: Teutonicorum)의 리가 점령 이후 주교로 행세하면서 토착민의 수탈을 위한 도시건설을 했다고 한다.

제3차 십자군전쟁을 계기로 '한자(Hansa)' 상인들과 함께 지금의 다우가바 강 하구에 상륙했다고 한다. 한자동맹은 상업을 위한 목적으로 결성한 단체로 오늘날의 자유무역협정에 비유될 수 있다.

리가성 뒤쪽으로 다우가바 강이 흐르고 시가지에는 근대에 가까운 아르누보양식의 건물이 많다.

호텔 리셉션에 관광지인 시굴다와 체시스 그리고 유르밀라에 대해 문의하니 잘 모르겠다 하여 시내 인포메이션센터에 문의했더니 기차 시간

건물 꼭대기 닭 모양의 풍향계

베드로 성당
첨탑 꼭대기까지 오를 수 있다.
1209년에 건축

공원입구의 자유의 여신상

까지 자세하게 알려준다. 해외 어디를 가나 빨강 바탕에 노랑 글씨의 중국레스토랑이 있다. 중국 파워를 실감한다. 한국인이 잘 찾지 않는 관광지에서도 쉽게 볼 수 있다. 리가에서도 여러 곳의 중국레스토랑이 보인다.

발트 3국에는 대형 슈퍼체인으로 Rimi와 Maxima가 있다. 슈퍼에서 물과 과일 간식을 구입했다.

리가에 도착하여 인상적인 것은 교회 첨탑과 건물 꼭대기 풍향계에 앉아있는 금빛의 수탉(동상)이었다. 베드로 성당과 여러 곳에 있었는데 예수가 십자가에 못 박히던 날 새벽, 수탉이 울기 전 예수를 세 번 부인하리라고 말한 베드로의 전설과 연관되어 있다고 한다. 베드로 성당의 첨탑은 1200년대에 건설되었다는데, 엘리베이터를 타고 4층까지 간 다음, 계단으로 올라가면 리가 시내 전경을 볼 수 있다. 입장료가 비쌌다(9€)

공원입구의 자유여신상은 1935년 러시아에 대항한 라트비아 독립전쟁의 전사자들을 기리기 위해 세워졌는데 라트비아의 주권과 자유를 상징하며 여신상이 두 팔을 뻗어 들고 있는 세 개의 별은 각 지역을 상징한다고 한다. 이 앞에서 매시간 라트비아 군인들이 수호의식을 한다(수호의식의 규모가 작다. 2명의 군인이 받들어 총을 하고 느린 걸음으로 행진을 한다).

바우스카 성 & 룬달래 궁전

아침 식사 장소인 호텔 레스토랑이 지하 동굴 같다. 중세의 동굴을 식당으로 사용하고 있다. 벽과 입구 모두가 바위처럼 두꺼운 벽돌로 되어 있다.

비수기라서 그런지 젊은이는 별로 없고 대부분 단체여행객과 나이가 지긋한 분들이다. 앞 식탁에서 노부부가 식사를 하는데 남편이 서양 배를 가져와 깎기 시작한다. 모양이 조롱박 비슷하고 작아서 깎기 어려운 과일이다. 먼저 반으로 잘라 해부한 다음 껍질을 깎아 앞에 있는 아내의 접시에 보기 좋고 먹기 좋게 잘라 놓는다. 흐뭇한 장면이다. 여행지에서 과일 깎아주고 음료나 커피 심부름하고 보기 좋은 광경이다. 중세분위기가 가득한 공간의 동굴에서 파파스머프가 마마스머프에게 정성을 다하여 서비스를 하고 있다.

베드로 성당을 방문했을 때 파이프 오르간의 반주에 맞춰 교회 성가대가 부르는 찬송가가 장엄하게 울린다. 성당 전체가 하나의 악기 울림통이 되어 웅장한 음을 내고 있다. 1층 내부에는 부서졌던 교회의 복원과정을 상세하게 사진과 기록으로 전시해 놓았다. 유럽은 어딜 가나 기록의 문화인 것 같이 느껴진다. "모든 문명의 기록은 동시에 야만의 기록"이라는 독일 마르크스 철학주의자 '발터 벤야민'의 말에 격렬하게 동의하지만 꼼꼼한 역사의 기록이 인류를 발전하게 하는 토대가 아닌가?

성당 내부에는 조각, 퀼트, 의상, 그림 등을 전시하고 있었는데, 털실로 퀼트 모양의 문양을 한 작품이 인상적이었다.

피터 성당 뒤편에는 독일 형제작가 '그림형제'의 동화 「브레멘의 음악대」(늙고 쇠약해진 하인이나 머슴을 가차 없이 내쳐버리는 지배계급을 풍자)에 나오는 동물들의 동상이 있다.

피터성당 뒤 브레멘 음악대 동상

제일 아래로부터 위로 늙은 당나귀, 개, 고양이, 닭이다. 당나귀 발에 양손을 얹고 소원을 빌면 소원이 이루어진다는 이야기가 있는데… 소문을 잘 몰랐는지, 오히려 당나귀 코, 개 코, 고양이 코가 반질반질 닳아 빠져있다. (원조 브레멘음악대 동상은 독일 함부르크에서 가까운 독일 제2의 항구도시 브레멘시(Bremen)에 있는데 어떻게 라트비아 리가까지 그 동물들의 후손이 이민을 오게 되었는지는 모르겠다. ㅎㅎ 후손이 더 못생겼다.)

리가에서 남쪽으로 80km에 위치한 룬달레 성 가는 길은 바우스카를 거치는데 소비에트연방 전까지는 주위가 모두 숲이었던 땅을 경작을 위해 불에 태워 집단농장 콜호츠를 만들어 농사를 지었을 텐데, 라트비아가 독립이 된 지금은 농사짓는 사람이 없는지 잡풀만 무성하다.

　내 나이 또래의 가이드는 엘크, 곰, 와일드 볼, 비버, 여우, 봅캣 등 야생동물이 많다고 한다. 자기는 중산층에 해당한다는데, '나는 누구인가?' 생각할 때가 있다고 한다. 많은 사람이 가난한데, 라트비아 국민은 스칸디나비안 컨츄리 같은 나라를 희망하고 폴란드, 독일을 좋아하고 2004년에 가입한 EU를 원하지 않는다고 한다. 라트비아어 외에 러시아어와 영어를 구사하는데, 자기 딸들은 러시아어를 아예 안 하려고 하여 걱정이라 한다.

　러시아 시베리아 기차여행 얘기를 했더니 자기는 기차여행을 좋아하지 않는단다. 오랜 지배의 역사에 맞서 독립한 조국의 자존감과 민족의식의 긍지를 가지고 있는 개념 있는 가이드다. 점령지에서 소련군의 횡포와 약탈, 집단 성폭행은 일본제국이 우리에게 했던 것들과 다를 바 없을 것이다. 공산주의 환상에서 마침내 깨어나게 되었지만 독립된 국민들의 궁핍함은 나아지지 않는 것이겠지.

　1400년경에 지어졌다는 바우스카 성 궁전 내부의 실내장식은 바로크의 화려함보다 한 걸음 더 화려해지고 현란한 곡선의 아름다운 로코코 스타일과 벽은 포슬린장식, 천정은 이탈리안 페인팅의 네오 클래식스타일로 되어있다.

　룬달래 궁전(Rundale Pils)은 바우스카에서 약 15킬로미터 떨어진 룬달래시에 있는데, 좌우 대칭인 정원에 건물도 같은 대칭으로 지어져 잘 손질된 정원과 장미들이 계절에 맞게 피어있다. 부드러운 곡선으로 여성

스러운 로코코방식의 궁전은 3층으로 되어있는데 방마다 프랑스, 이탈리아, 독일식으로 대기실, 접견실, 개인사무실, 식당, 침실, 등으로 화려하게 장식되어 있어 바로크 시대의 장엄함보다는 밝고 경쾌하고, 우아한 느낌이었다.

예술도, 건축도, 사람도, 삶도… Elengance한 게 좋다. 투박한 머그잔에 차를 마시는 것 보다, 잔의 모양도 예쁘고 손잡이도 멋지고, 받침 접시가 있는 엘레강스한 앤틱 찻잔세트에 차를 마시는 것이 좋다.

차도 마시고 더불어 분위기를 마신다. 차는 식지 않은 뜨거운 차가 좋다.

룬달래 궁전

시굴다 & 체시스 성

러시아 정교회 대성당에 갔다. 입구에서부터 성호를 긋고 성당 내부에서도 수많은 성자의 그림 앞에서 성호를 긋고 기도한다. 예배에 많은 시간이 걸리고, 나갈 때도 조심조심 뒷걸음으로 나가 성호를 긋고 소원을 빈다. 성직자나 신자 모두 서서 예배를 드린다. 어떻게 감히 하느님 앞에 앉을 수 있느냐고… 아예 교회 안에 의자가 없다.

다우가바 강변에 이른 아침 막 도착한 크루즈 선에서 관광객들이 내리고 있다. 유람선 관광객도 그렇고 리가를 찾는 대부분이 실버다. 실버가 국제경제를 돌게 하는 현장에 와 있다.

리가에서 53km 떨어진 시굴다와, 시굴다에서 북동쪽으로 30km 떨어진 체시스를 가는 고속도로 주변은 야생동물 보호구역이다. 울타리 안에서 뛰노는 야생동물이 보인다. 수제 맥주공장을 지나 옛길을 따라 원시림을 달린다. 울창한 숲이 우거진 계곡에는 작은 강이 흐른다. 대자연의 축복! 요정의 숲이다. 조각상 위에 지어진 엄청 큰 새집도 있고 약수터도 있어 물병에 약수를 담았다. 물에 철분이 많은지 주변 바위가 붉게 물들어있다.

가이드가 라트비아는 봅슬레이와 스켈레톤 강국이라고 자랑한다. 연

조각상이 새집을 떠받치고 있다

크리물다 영지까지 2km를 케이블카로 이동한다

습장이 1개뿐인데 국제대회에서 금메달 30개, 은 24, 동 40개를 땄다고 한다. 라트비아의 스위스라는 시굴다의 작은 스키장도 자랑이다. 세계 각국의 대표선수들이 라트비아산 봅슬레이를 탄다고 한다. 가우야 강을 가로지르는 케이블카를 타고 영주의 건물인 크리물다를 연결하는 케이블카에서 내려다보니 가우야 강에서 카누와 래프팅하는 게 보인다. 1200년대 중세에 지어진 시굴다 성은 파괴된 채로 남아있다.

체시스 가는 길에 비가 내린다. 차창을 닦는 와이퍼 소리를 들으며 평화로워지는 마음과 함께 처음 보는 낯선 땅을 달리면서 감회에 젖는다. 체시스는 과거 한자동맹의 도시이자 리보니아 기사단의 주요 거점도시이기도 했다 한다. 중간에 스톤캡처에 들러 돌과 나무로 만든 수많은 동물의 형상을 보았다. 자연 소재로 동물을 형상화한 발상이 흥미롭다.

체시스 성과 주변 호수에 검은 백조가 노닐고 있다. 오늘도 가이드와 우리 부부 셋뿐이다. 좋은 레스토랑을 추천하여 달라고 했더니 호텔지하에 맛있다는 집을 알려준다. 미리 조리된 음식이 있어 치킨과 포크, 샐러드와 커피로 늦은 점심을 해결했다. Bistro! 빨라서 좋았다. 커피 맛은 더욱 좋았고.

시굴다성 입구

호텔 뒤 호수공원을 한 바퀴 산책했다. 늦게 도착한 박물관은 문이 닫혀있어, 성 주변과 오리와 검은 백조가 노니는 호수와 러시아정교회 등을 둘러봤다. 비가 내리는 호수와 체시스 올드성을 눈에 담는다. 빗방울 떨어지는 체시스 호수에 추억을 남긴다.

라트비아 들판도 비에 젖고 내 마음도 비에 젖고… 비 오는 차창 밖 풍경에 흠뻑 젖는다. 빗길 드라이빙은 언제나 좋다. 앞 차창을 두드리는 빗방울, 빗방울을 닦는 와이퍼의 움직임, 비 내리는 도로를 구르는 적당한 소음의 타이어 소리. 원시 자연림 사이로 난 도로에는 땅거미가 내리고 있다. 체시스 산림의 요정들은 다 잠이 들었나? 라트비아 여인이 운전하는 승용차 안에서 잊지 못할 추억을 쌓는다. 적막한 숲 속의 향기가 차 안으로 스민다.

검은머리전당의 수호성인 길드

다우가바 강변에 있는 리가 성을 들어가기 위해 출입문을 찾았는데 잠겨있다. 경비초소에 가서 왜 문이 다 잠겼으며 표 파는 곳이 어디냐고 물었더니, 여기는 정부기관인데 토요일이라 문을 닫았으며 외부만 관광이 가능하다고 한다. 자기는 리가 성을 지키는 군인이라고 한다.

라트비아 수도 리가에서 정작 리가 성(내부)을 볼 수 없게 되었다.

리기 시가지는 한자동맹 시절 중세 상인들이 만들어 놓은 길드 건물들의 흔적을 볼 수 있다. 우리가 러시아민요로 알고 있는 〈백만송이 장미〉도 리가 태생의 작곡가 라이온즈 파울스(Raimonda Paula)가 작곡한 라

검은머리전당

트비아 노래로 소련연방 시절 라트비아 지역방송국에서 개최되었던 가요
제에 출품되었던 곡이라고 한다.

아프리카, 남미 등지를 돌아다니며 무역을 해온 미혼 상인들이 결성한
무역조합 검은머리전당은 14세기 지어진 고딕건축으로 화려한 붉은 벽돌
로 치장되어 동화나라의 오르골에서 인형들이 튀어나와 악기를 연주하
고 춤추는 장면이 연상된다. 도시 곳곳에 숨어있는 화려한 문화예술의
흔적이다.

출입구 왼쪽에는 수호신인 성인과 오른쪽에는 검은머리의 길드가 국기
를 들고 있는 모습이 새겨져 있다.

이 전당 앞에는 16세기에 길드 상인들에 의해 세계 최초로 크리스마
스트리가 세워졌다고 한다.

삼형제 건물은 에스토니아 탈린에 있는 세자매 건물과 비교할만하다.
리가에 있는 석조건물 중 가장 오래된 건물이라 하는데 마자필스(Maza

검은머리전당의 문
이집트 출신의 한 성인을 수호신으로 여겨 건물마다 성인의 얼굴이 있다.
정문 오른쪽 기둥에 그의 얼굴이 새겨져 있다.

바우스카 성

지붕 위 풍향계

Pils) 거리에 집 세 채가 어깨를 맞대고 서로 의지하듯 나란히 서 있다. 오른편의 15세기에 지었다는 하얀 건물부터 왼편으로 갈수록 나이는 한 세기씩 젊어진다. 현재는 호텔로 사용 중인데 건물 앞에서 한국의 단체 관광객들이 설명을 듣고 있는데 이들을 보고 거리의 악사들이 호른과 튜바로 애국가를 연주한다. 관광객이 사례를 하자 답례로 아리랑을 연주해 준다. 빨간 지붕의 화약탑을 끝으로 리가를 떠난다.

버스터미널에서 바우스카행 완행버스 티켓을 끊었다. 이틀 전에 룬달레 궁전 가는 길에 들렀지만 가이드를 동행한 일정이었기에 바우스카 성을 겉만 보았었다. 그날 미처 보지 못했던 바우스카 성 내부와 멀리 무사 강, 메멜리 강 등을 보고자 비가 내려 강물이 넘실거리는 다리를 건넌다. 도로변에는 감자, 밀, 보리, 유채, 옥수수, 완두콩 등을 재배하고 있다. 농사짓는 사람도 보이지 않고 마을도 농가도 보이지 않는 것으로 보아 기계농업을 하는 것으로 생각된다. 위도상으로는 남쪽으로 내려왔는데 헬싱키나 탈린보다 훨씬 춥다. 그래서인지 농작물의 생장속도가 느려, 많이 자라지 않았다. 도로변 잔디밭에 사람 사는 집들을 축소한 미니어처 집들이 보인다. '토끼타운'이다.

바우스카는 인구 1만 명 남짓의 400년이 넘은 도시로 메멜리 강과 무사 강의 합류 지점에 위치한 바우스카 지방의 중심도시다.

바우스카 시청 타운홀에서 결혼한 신부와 신랑이 시청광장에서 기념 촬영을 하고 있다. 우리나라처럼 신랑 신부를 태울 꽃장식의 승용차가 대기하고 있다. 점심을 하러 시청 앞 레스토랑에 들렀더니 하객손님이 예약되어 있다고 다른 식당을 소개하여 주었다.

레스토랑 메뉴표의 샐러드, 수프, 메인디시, 에피타이저, 차, 주류 등을 보면 건강식으로 구성되었고, 주문이 꽤 복잡하다. 단계별로 일일이 설명하고 확인한 후 주문을 받는다.

양갈비 스테이크와 빨간 무에 치즈를 얹은 샐러드를 커피와 함께 주문했다. 대개 외국의 음식은 조리가 완료되어 나온다. 한국의 음식점보다 한참을 기다려야 나온다. 한국 음식을 아는 외국인들은 불고기가 맛있고 직접 조리과정에 참여하여 즐겁다고 한다. 불에 직접 뒤집으며 굽고 마늘, 양파 등 조미료를 같이 섞고 이를 쌈 싸면서 경험하기 때문인가 한다.

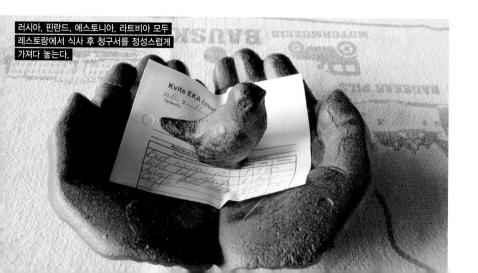

러시아, 핀란드, 에스토니아, 라트비아 모두 레스토랑에서 식사 후 청구서를 정성스럽게 가져다 놓는다.

비가 내렸다 그치기를 반복한다. 거리에는 토요일 오후라 사람들도 별로 없고 관광객도 우리 둘뿐, 기념품 상점도 한가롭다.

이틀 전 늦게 도착하여 바우스카 성 외곽만 보고 성곽 내부와 박물관을 보지 못했었는데 관람했다. 다섯 개로 나누어진 전시실마다 중세복장을 한 직원들이 티켓에 구멍을 뚫어준다. 1443년에 지어진 성인데 인상적인 것은 거실에 있는 포슬린 장식의 멋진 벽난로와 부엌의 조리실, 1인용 화장실, 2명이 같이 사용하는 화장실, 위대한 피터의 돌(Stone of peter the Great), 1705년부터 라트비아어 예배가 열렸던 오래된 루터교회였다. 성곽 꼭대기에 오르니 바람은 차갑지만 메멜리 강과 무사 강의 금빛 석양이 물결에 비추어 춤을 춘다.

십자가 언덕, 샤울레이

라트비아 바우스카에서 리투아니아 수도 빌뉴스에 갈 예정이었는데 문제가 생겼다. 직접 가는 버스가 없다. 도중에 다른 도시에서 바꿔 타려고 해도 그럴 수가 없다고 한다. 방법은 하나, 국경을 넘으려면 수도인 리가로 되돌아가서 빌뉴스에 가야 한다고 한다. 발트 3국을 운행하는 버스는 룩스라인, 유로라인, 에코라인 등이 있는데 인터넷 예약이 여의치 않아 매번 버스터미널에서 티켓을 끊었는데 난감한 상황이 발생했다. 남쪽으로 25km만 가면 국경인데 북쪽으로 다시 65km를 버스를 타고 가서 빌뉴스를 갈 수밖에 없게 되었다.

할 수 없이 다시 리가로 되돌아왔다. 국제라인 매표소(한 창구에서 여러 나라 노선의 차표를 판다.)는 국내선 매표소와 다른 곳에 있다. 매표소에서 내 앞의 외국인이 샤울레이 버스 시간을 문의한다.

순간, 아! 나도 그럴까? 거기로 갈까? (자유여행의 맛은 이런 것인가!)

빌뉴스에 가려고 표를 구입하려다, 우리도 샤울레이에 가기로 급결정했다.

리가 버스터미널과 맞은편에 위치한 중앙시장

샤울레이의 십자가 언덕을 방문하려고 한국에서 검토했었는데 '십자가의 무덤' 같은 곳이라 여겨 내 종교적인 신념과도 맞지 않고, 샤울레이에는 십자가의 언덕 말고는 특별한 유적도 없고 해서 일정상 제외했던 곳이었다.

버스가 출발하려면 2시간 이상 기다려야 하는데 그 시간 동안 터미널 옆에 위치한 중앙시장에 들렀다. 중앙시장은 커다란 돔 다섯 개(이 건물은 제1차 세계대전 때 독일의 비행선 격납고로 이용했던 곳이라고 한다.)와 주변 광장의 노천시장으로 구성되었는데, 5개의 돔은 고기, 생선, 채소와 과일, 유제품, 잡화 판매시설 등으로 나뉘어 있다.

샤울레이에 도착하여 십자가 언덕에 갔다.

입구에서부터 많은 십자가를 대하는 마음이 숙연해진다. 각기 다른 십자가를 세울 때 소원도 다 달랐겠지만 그들이 기대하던 소망은 어떻게 되었을까? 아무것도 없는 벌판의 언덕이라고도 할 수 없는 곳에 무슨 까닭으로 언제부터 십자가 언덕이 생겼는지 정확한 이유는 알 수 없지만 소련 시절 종교가 금지되었던 시기에 소련의 공산 정치에 맞서고 리투아니아의 독립을 기도하며 하나둘 십자가를 언덕에 세우지 않았나? 추측하고 있다. 결국은 소련당국이 불도저로 언덕을 밀어버렸지만, 다시 십자가를 세우는 일이 반복되고 결국은 소련 당국도 포기했다 한다. 이후 십자가의 힘으로, 기도의 힘으로 타국의 지배에서 벗어나고자 투쟁한 성스러운 장소로 인식되면서 세계에 알려지기 시작하였다.

처음엔 조국의 독립을 염원하고, 소원을 비는 장소로 시작한 십자가

언덕이 이제 세계 각국에서 온 순례자와 관광객들의 순회장소가 되었다.

교황 요한 바오로 2세도 방문했지만 너무 많은 십자가와 십자가에 걸어둔 또 다른 십자가의 성물이 장관을 이룬 것도 같고, 어찌 보면 관리가 잘 안 된 십자가의 성황당 같기도 하다. 남이 세운 십자가에 또 십자가를 걸어 놓은 것도 있고, 소원을 빌며 이름을 새긴 십자가 중에는 한국인의 것도 있다. 나무로 된 오랜 십자가는 썩어가고, 철로 된 십자가는 빨갛게 녹슬어간다. 절대자께서 쓸데없는 짓 그만하라고 하는 소리가 들리는듯 하다.

평생 본 십자가보다 훨씬 많은 십자가의 무덤을 샤울레이에서 본다. (샤울레이에서 십자가 언덕은 12km 거리인데 버스가 평일은 10번, 토요일과 일요일은 8번 운행한다. 버스에서 내려 10여 분 걸으면 십자가 언덕이 보인다. 버스가 뜸하여 택시를 이용하려면 약 2시간에 25유로를 지불하면 샤울레이 언덕을 둘러보고 다시 되돌아온다.)

샤울레이에서 빌뉴스행 버스를 탔다. 완행버스라 웬만한 동네는 다 정차하여 손님을 태운다. 일요일 저녁이라 시골 집에 갔다가 수도 빌뉴스로 돌아가는 학생들이 많이 승차한다. 장거리를 운행하는 버스라 운전기사가 2명으로, 운전을 하지 않는 기사가 꼼꼼하게 확인(대학생과 군인은 50% 할인) 후 티켓을 발행해준다. 가는 길 내내 호남평야와는 비교가 안 되는 광활한 평야로 지평선 또는 숲평선만 보인다.

6 / 13 (36일째)

유럽의 예루살렘, 빌뉴스

빌뉴스의 관광은 새벽의 문을 통과하면 오른쪽에 러시아 정교회 성당인 성령성당이 길 위 아치 같은 건물 2층에 위치하는데 이른 아침인데도 예배를 드리고 있었다. 20여 평 남짓의 교회 안에 40여 명의 신도와 신부님께서 예배의식을 모두 일어서서 진행하고 있었다.

2층으로 올라가는 계단에는 시장에 다녀오는지 장바구니와 구입한 물건을 가지고 감히 교회 안에 들어가지 못하고 계단에서 기도를 드리고 있다. 또 다른 몇 사람도 마찬가지다. 가슴이 뭉클하다.

우리 같았으면 어떠하였을까? 과연 계단에서, 교회 예배실의 문밖에서 꿇어앉아 기도하는 신도가 있을까? 늦게 왔어도 눈도장을 찍으려고 하는 신도도 많지 않을까? 엄숙한 분위기에 예배당을 나오지 못하고 한참을 의식에 동참했다.

정교회 성당의 마리아상, 흑인이다

발트 3국에서 처음 보는 동방 그리스정교회(Orthodox Church of the Holy Spirit) 내부는 다른 성당에 비해 양식이 특이하다. 성당 내부가 에머랄드색으로 장엄하고 엄숙함이 묻어난다. 교회 정원의 벤치에서 신자를 만나 교회에 대해 물었다. Othodox란 바른, 올바른 믿음이란 뜻이며 그리스뿐 아니라 러시아와 동유럽에 많은 신자가 있다 한다. 그리고 교회 안의 성물과 역사에 대하여 설명한다.

지금껏 많은 성당을 다녀보았지만 성당 내부에 화장실 표시가 있는 것을 처음 봤다. 여러 곳에 화살표로 안내되어 있다.

빌뉴스의 '새벽의 문'
여기서부터 빌뉴스의 구시가지가 시작 된다.

빌뉴스를 유럽의 예루살렘이라 한다는데 예전에 유태인들이 모여 살았다는 게토거리를 갔다. 지금은 레스토랑과 바, 린넨 상점 등이 있다. 모든 유럽들이 그렇듯이 집들이 도로에 맞추어 지어져 있고 건물은 ㅁ자 또는 ㅂ자 모양으로 배치되어 건물 안에 정원이 있다. 어느 집에서든지 안쪽으로 중앙의 정원을 바라볼 수 있게 지어져 있다. 합리적이다.

게토거리 옛 유대인 집과 창살 담을 사이에 두고 리투아니아 대통령궁이 있다. 창살 안으로 카메라를 넣어 사진을 찍어도 제지하는 사람이 없다. 진돗개도 없고 순사도 보이지 않는다.

리투아니아 청와대와 10여 미터(돌팔매질하면 닿을 정도로 가까운 거리) 길 건너에 리투아니아 최고의 대학인 빌뉴스 대학이 있다. 발트 3국 중 최초의 대학이자 동유럽에서 가장 오래된 대학 중 하나로 꼽힌다. 다른 대학과 달리 교문이 없고 도로 옆 건물의 계단을 오르면 오래된 나무

빌뉴스 대학 출입문(교문이 없다.)

로 만든 문이 있다.

　문을 열고 들어가 지하의 사무실 직원에게, 관광객인데 대학을 방문하고 싶다. 입장권을 사고자 한다, 하니 그냥 들어가라고 하며 전자문을 열어준다. 빌뉴스 대학은 전체가 유네스코 세계문화유산으로 대학의 건축적 가치가 높게 평가받고 있고, 학교이자 박물관으로 430년이 된 유적지는 학생이 아닌 경우에는 입구에서 입장권을 구입하여야 한다.

　1층의 인문학자료실과 어문학대학, 2층에 위치한 미술스케치 전시실, 도서관 등을 둘러보고 자료실 연구원에게 점심을 먹고자 레스토랑을 물으니 대학교 안에 있는 요한교회에 있다고 하면서 학생을 시켜 안내시킨다. 교직원 식당에서 수프, 샐러드, 생선요리와 커피를 시켰다. 메뉴도 풍성했지만 음식값도 2인분이 9.9€로 저렴했다.

　다른 대학 같으면 정원에서 학생들이 담배를 피우고 소란스러울 텐데

게디미나스 성 올라가는 후니쿨라(300미터)

빌뉴스 최고 학문의 전당답게 정원의 벤치에서 담소하거나 각자 책을 보고 있다.

자유여행의 백미를 느낀다. 누군가 안내를 받아 관광한다면 대충 설명을 듣고 지나갈 텐데 천천히, 자세히, 발길 가는 대로 모두를 둘러본다. 성당, 거리, 상점, 골목골목을.

현지 투어회사에 카우나스 관광에 대해 문의했다. 차량편만 제공하면 120€, 가이드가 설명을 해주면 200€라 한다(가격이 부담되어 우리끼리 가기로 했다).

게디미나스 성에 오르는 미니 등산열차 후니쿨라를 탔다. 편도 1€다. 빌뉴스 구시가지 제일 북쪽의 언덕에 있는 게디미나스 성은 트라카이에서 빌뉴스로 천도한 게디미나스가 처음으로 축조했다는 붉은 벽돌의 3층 성으로 내부전시실에서는 발트 독립을 촉구하는 인간 띠 잇기 당시의 기록영화를 상영하고 있었다. 손에 손을 잡고, 촛불을 들고 깃발을 휘날리며 복엽비행기가 촉구비행을 하고 시민들은 자유와 독립을 외치고 있다.

목청껏 외친다!

"라이스베스(Laisves)!"

노동자, 교육자, 학생, 주부, 어린이, 온 국민이 외친다. 자유와 독립은 그냥 주어지는 것이 아니다. 투쟁과 피와 노력의 외침 속에 오는 것이고 쟁취하는 것이다. 자유와 권리는 속박당해 본 자만 안다. 권리 위에 잠자는 자는 보호받지 못한다는 말도 있듯이.

게디미나스 성 창문에서 바라본 빌뉴스 시가지

게디미나스 성

1989.8.23 빌뉴스-리가-탈린을 잇는 620km
200만명이 참가한 인간띠 잇기의 시작점

＊ 1939년 8월 23일 독·소 불가침조약으로 발트인의 의사와 상관 없이 발트 3국은 강제로 소련에 편입된다. 그로부터 50년이 지난 1989년 8월 23일 저녁 7시 소비에트연방에 속박되어 있던 발트 3국의 국민들은 '발트의 길' 빌뉴스-리가-탈린을 잇는 620km를 200만 명이 참가하여 인간 띠 잇기를 하며 외쳤다고 한다.

에스토니아인은 바바두스(Vabadus)!

라트비아인은 브리비바(Briviva)!

리투아니아인은 라이스베스(Laisves)!

함께 입을 모아 자유를… 때맞춰 교회의 종소리가 발트 3국에 울려 퍼졌다.

(전시실의 기록영화 내용이 그렇다.)

오늘은 대부분 성당과 교회투어를 한 셈이다. 교회가 빌뉴스 시가에 산재해있다. 언덕에, 골목에, 대로변에, 강가에, 한 구역에 몰아 있었으면 좋을 텐데 발님이 고생이다. 도중에 기분이 좋았던 것은 러시아정교회는 교회 안에 반드시 성수를 보관하는 시설이 있는 점이었다. 일반 신자가 물통을 가지고 와서 물을 받아가기도 하고, 비치된 컵으로 마시기도 한다. 목마른 자여! 러시아정교회로 갈지어다!

그들의 재활용 방식도 눈여겨볼 만했다. 대형마트 입구에 재활용품을 투입하는 기계가 있는데 유리병, 페트병, 캔, 비닐포장지 등을 종류별로 구분해서 넣으면 명세서와 함께 해당 금액이 코인으로 나온다. 거리나 쓰레기통에서 수집하여 가져온 사람, 집에서 가져온 사람들이 있다. 자원을 회수하여 재활용한다는 취지의 좋은 방식이다.

수요일 저녁 콘서트를 예약하기 위해 올드타운 중심가에 있는 콘서트극장 국립 필하모닉에 갔다. 매표소 직원이 할당된 콘서트 입장권(Vilniaus festivalis 2016)의 좌석이 많지 않아 금방 매진되었다고 한다.

어떻게 표를 구할 수 없느냐고 사정하였더니 빌뉴스 신시가지 네리스 강 부근에 위치한 국립 오페라극장에 가면 구할 수 있을지도 모르니 직접 가보라고 한다. 다시 한 번 사정했다. 오페라극장까지 가서 표를 구입할 수 있다면, 여기에서 결제할 테니 인터넷으로 구입할 수 있게 해달라고 했지만, 자기는 어떻게 할 수 없다고 한다.

계속 사정사정했다. 어찌 그럴 수 있나? 난 지금 피곤하고 여기서 오페라극장까지는 너무 멀지 않느냐고 한참을 얘기했더니, 잠깐 기다리라며 누군가와 전화통화를 하더니 나를 바꿔준다.

난 지금까지 '빌리우스 훼스티벌 2016' 프로그램 중 모레 열리는 '라트비안 국립 심포니오케스트라의 공연' 입장권을 구하고자 하였으나 매진되었다는데 어떻게 구할 수 없느냐고 다시 얘기를 했다.

그랬더니 그쪽에서 자기가 콘서트극장으로 갈 테니 가지 말고 기다려 달라고 한다. 그녀가 왔는데 극장 책임자급인가? 국립오페라&발레극장 담당자와 통화를 하고 난 후 콘서트입장권을 구해주었다. 창구에서 입장권이 매진되었다고 했을 때 되돌아 나왔다면 볼 수 없었을 공연을 '고마운 그녀' 덕분에 예약할 수 있게 되었다.

리투아니아로 신혼여행을 가지 말라

리투아니아 제2 도시 카우나스 가는 버스 승객이 모두 5명이다. 여행객은 우리 둘뿐. 제1차 세계대전 전에는 리투아니아 임시수도였다고 한다.

빌뉴스에서 101km 거리를 A1 고속도로를 달린다. 톨게이트도 없고 요금도 없다. 소비에트연방의 사회주의 때 건설된 도로여서 하청, 재하청이 없어서 그런지 고속도로에 땜질한 흔적도 없고 보수하는 구간도 없다. 추월선은 추월 시에만 잠깐 주행할 뿐 질서를 잘 지킨다. 승용차 대부분은 해치백스타일로 우리의 노치백 세단형 승용차는 드문드문 보인다.

사회주의 때 노동자의 피와 땀으로 건설한 길을 편안하게 가고 있다. 고속도로가 모두 무료이니 요금도 저렴하다.

카우나스 버스터미널에서 5분 거리에 소보라스 성당이 있다. 겉은 양파 지붕의 러시아정교회인데 내부는 가톨릭 성당으로 군인들의 예배당으로 쓰여 사령부성당이라고도 한다.

길 건너 언덕 위의 예수부활교회에 가기 위해 후니쿨라를 탔다. 거리가 약 300m로 매우 짧은 거리이다(이보다 짧은 거리는 크로아티아 자그레브의 상부도시와 하부도시를 이어주는 길이 66미터의 우스피나차〈Zet Uspinjaca〉 후니쿨라이다). 매표소에 아무도 없어 사무실에 갔더니 후니쿨라를 타고 올라가서 요금을 내라고 한다. 거리가 짧은데 비해 후니

소보라스 성당

후니쿨라 내부

악마박물관 인형

비타우타스 성당

비타우타스 성당 벽에 있는
침수된 수위의 표식
오른쪽으로 네무나스강이 보인다.

예수부활성당

쿨라 내부는 20여 명 정도 탈 수 있게 좌석이 있다. 넓디넓은 궤도차에 승객은 우리 둘뿐. 예수부활교회 언덕에 오르니 카우나스 올드타운의 전경이 다 보인다. 교회의 모습은 우리나라 모 종교단체 건물 전도관 비슷하다.

악마박물관은 '안타나스 즈므이 지나비츄스'라는 예술가가 수집한 세계 각국의 조각과 자기 인형 등이 전시되어있다. 우스꽝스러운 악마, 악마가 악마를 잡아가는 장면, 남녀 악마끼리 춤을 추는 장면, 악마 모양의 히틀러와 스탈린도 있다. 일본, 중국, 베트남 악마는 있는데 한국 악마는 없다. 그리고 보니 우리나라는 악마가 없다. 처녀귀신, 달걀귀신, 몽당귀신, 꼬리가 아홉 개 달린 구미호, 물귀신 등등은 있어도(도깨비는 귀신의 영역인지 잘 모르겠다).

같은 건물에 있는 '츄를료니스' 기념박물관은 리투아니아 회화 음악가로서 최고봉이었던 그의 작업실과 작품, 생전의 주택과 딸이 썼던 방, 안방, 거실 등이 잘 보존되어 있었다.

점심은 꼭 맛봐야 한다는 100년의 역사를 가진 전통 요리법의 Berneliu Uzeiga 레스토랑 본점(런던과 빌뉴스에 지점이 있다.)에서 전통요리로 했다.

카우나스 대성당

비타우타스 성당 외벽에는 1946년 3월 24일 2.9m의 표식이 있는데, 네무나스 강이 범람하여 성당이 침수된 표시이다. 이후에도 여러 번 침수할 때마다 기록을 표기해 놓았다. 시골 초가삼간을 지을 때도 돼지머리의 고사를 지내는데, 위대한 성당(성당 이름이 Vytautas'the GREAT Church) 건축할 때 절대자께 기도도 안 드리고 건축하지는 않았을 텐데(아니면 기도를 드렸는데 응답을 안 하셨을 수도), 구름과 비, 천둥과 번개는 그분께서 오게 하는 것일 텐데 뭔가 착오가 있으셨나?

카우나스 캐슬 교회에 갔을 때 마침 교회 안에서 악단과 합창단의 노래를 녹음하고 있었다. 성당 내부를

카우나스 성

울리는 현의 화음과 노래의 울림에 뭔가 알 수 없는 감정이 심금을 울린
다. 뭔가 환경만 주어지면 기다렸다는 듯 나타나는 지나친 감정과잉의 센
티멘털리즘을 어찌할 것인가?

감수성이 결여되면 인생에서 재미도 그만큼 줄어든다는데 어떤 상황
이 좋은 것일까?

카우나스 성에 오르니 올드타운을 감싸는 네무나스 강과 네리스 강이
내려다보인다. 예비 신부 신랑의 사진촬영 장면도, 건물에 그라피티한 빨
간 내복을 입은 할머니의 담배 피우는 그림도.

버스터미널 화장실 앞에 몸무게를 재는 저울과 키를 재는 기기가 있다
(0.5€). 발트 3국의 속담에 리투아니아로 신혼여행을 가지 말라는 속담
이 있다고 한다. 리투아니아 여인네가 워낙 예뻐서 신랑이 한눈판다고 그
렇다고 하는데 세월이 흐른 지금 리투아니아 여인네들도 체중에 관심이
많은가보다.

오늘날 체중계는 사람들에게 미용 체중과 신데렐라 체중을 내세워 날씬한 몸매를 강요한다. 미용 체중은 옷을 입었을 때 가장 예뻐 보일 수 있다며 알려진 체중으로 정상체중 최저점에서 3~4kg 더 빼야 한다고 한다. 미용 체중에서 3~4kg 더 빠진 몸무게를 '신데렐라 체중'이라 하여 몸매를 이상화하고, 날씬한 몸매를 강요한 나머지 도를 넘는 다이어트를 하여 자신의 몸을 개조하려는 욕망은 어디까지일까? 여성들이 말라간다!

　　＊ 리투아니아 여인네들 예쁘다는 것에 생각나는 게 있다. 발트3국(에스토니아, 리투아니아, 라트비아) 여행 중 느낀 것은, 여행객을 제외하고는 유색인종을 보지 못했다. 발트 3국의 인종이 모두 순종처럼 보인다.

　　리투아니아, 라트비아와 국경을 맞대고 있는 벨라루스공화국이 있

카우나스 성 망루에서 보이는 빨간내복을 입은 할머니 그라피티

다. 인구는 약 천만 명이 안 되는 작은 나라이다.

2005년 당시 벨라루스공화국 대통령 알렉산드르 루카쉔코 대통령이 TV에 유럽모델들이 나오고 수도 민스크의 거리 광고판에 외국의 모델들이 많은 것을 보고 "우리나라 미인들은 모두 어디 가고 외국모델들이 판을 치는가?"라고 묻자 옆에 있던 보좌관이 "예, 우리나라 미녀모델들은 외국에 일하러 갔답니다"라고 답했다. 이에 화가 난 루카쉔코 대통령이 "벨라루스 미인은 국가의 전략적 자원이다. 국가의 자원을 분별없이 해외로 유출하여서는 안 된다(미녀들의 해외 진출을 일종의 무형재화 손실로 본 것이다). 따라서 이들에 대한 통제를 강화할 필요가 있다"고 하였다. 이후 국가 민족의 미모 계승위기에 대한 대책으로 벨라루스 모델학교의 미인들은 국가에 등록을 하고 출국 시에는 국가기관의 심사를 거쳐야 하고, 외국 유학이나 취업 또는 여행 시 체류기간도 통제를 받는다고 한다. 벨라루스공화국 미녀와 모델계약을 체결하거나 결혼하려는 외국인은 국가의 엄격한 심사 후에 미화 5만 달러를 납부해야만 출국하게 하는 제도도 시행되고 있다고 한다. 국가가 미인을 관리하는 셈이다. 벨라루스 정부의 행사로 지금도 매년 '금발미녀 대행진'이 열린다.

예전에는 벨라루스공화국(Belarus)을 '하얀 러시아(Belaya Rus), 백러시아'라고 불렀었다. 화가 마르크 샤갈의 고향이 벨라루스공화국 '비텝스크'이다.

우연인지는 모르지만 서울특별시장도 한 경제학자 조순의 『경제학

원론』에 "미인은 국가의 자원"이라는 표현이 나온다. 영어의 격언 중에 Only the brave deserves a beauty(용기 있는 자만이 미인을 차지한다)라는 말이 있다.

미인을 찾으려면 벨라루스공화국으로 가시라! "미녀를 국가가 관리해야 한다"고 말한, 대통령 알렉산드르 루카쉔코는 1994년부터 현재까지 헌법을 개정해 가면서 22년째 대통령을 해먹고 있다.

백러시아에 가면 장동건이 밭을 갈고 김태희가 사과를 판다는 우스갯소리도 있다.

'빌뉴스 페스티벌 2016' 국립오페라 & 발레극장

빌뉴스에서 28km 떨어진 트라카이에 갔다.

버스터미널에서 트라카이 성으로 가는 길목에는 빛이 바랜 나무집들이 많은데 리투아니아 대공국 시절 왕족의 호위를 담당하던 타타르인들이 살던 집들의 형태에서 유래되었다고 한다.

14세기에 건설된 트라카이 성

이곳은 빌뉴스 이전 수도였던 곳으로 수십 개의 호수와 작은 섬들로 이루어져 있는데 트라카이 성은 갈베 호수에 있는 가장 큰 섬에 붉은 벽돌과 뾰족지붕으로 고색이 창연하게 지어져 있다. 비 내리는 호수에 비친 트라카이 성은 동화 속 그림 같다.

목조다리를 건너 트라카이 성에 도착했다. 트라카이 성에 갈 수 있는 유일한 수단은 목조다리뿐이다. 성 내부에 교회도 있고 중세시대의 유물들과 공작의 유품을 전시한 박물관, 다양한 당시의 생활도구들을 전시해 놓았다.

전통음식 키비나이 식당

점심은 여행안내센터에서 소개해준 향토음식점에서 카라임족이 즐겨 먹었다는 전통요리 키비나이(Kibinai)와 샐러드, 닭고기파이를 시켰다. 키비나이는 만두 비슷한 것을 전통화로에 구운 것으로 속을 채운 '소'는 쇠고기를 다진 것이다. 우리의 만두 같이 잡채나 두부, 야채 등과 양념을 넣었으면 더 맛있을 것 같았다. 키비나이 '소'는 양고기나 닭고기, 생선을 넣은 여러 종류가 있다.

카라임족이 살았다는 전통가옥 카라이메는 세 개의 창문이 달려있다.

트라카이 호수에 비가 내린다. 울창한 숲과 더불어 호수에 떠 있는 조각배 운치에 커피 맛을 더한다.

빌뉴스에 도착하여 구시가지 언덕 공원의 동쪽에 있는 우주피스공화국(Uzupio Respublika)으로 향했다.

빌뉴스의 몽마르트르로 불린다는 이 마을은 20세기 가난한 예술가들이 거주하고 있는 지역으로, 4월 1일 만우절이 되면 전 지역이 하루 동안 독립국이 되는 특별한 행사를 한다고 한다. 이날 하루는 대통령, 국무총리가 임명되고 여권에 스탬프를 찍어준다고 한다.

국경은 조그마한 다리를 건너면 된다. 예술가의 마을은 우주피스공화국의 수도가 되고.

다리를 건너 광장의 천사상을 지나면 담벼락에 우주피스공화국 헌법

우주피스공화국 입구 다리

공원에 '실뜨기' 놀이가 그려져 있다.

우주피스공화국 상징, 나팔부는 천사상

을 새겨 놓았다. 헌법 조항을 리투아니아어와 세계 각국의 언어로 게시하여 놓았다(일본과 중국 언어로 써놓은 우주피스공화국 헌법은 게시되어 있는데 한글로 된 헌법 게시는 없다).

우주피스공화국 헌법은 41조로 구성되어 있는데 그중 재미있는 내용을 소개한다.

– 개는 개가 될 권리가 있다.
– 사람에게는 행복할 권리가 있다.
– 사람에게는 행복하지 않을 권리도 있다.
– 사람에게는 그 권리를 가끔 등한시할 권리가 있다.
– 사람은 누구나 다른 사람의 눈에 띄지 않고 유명해지지 않을 권리가 있다.

헌법을 제정한 예술가들의 한계인가? 모두 권리만 제정했다. 권리만 있고 의무가 없는 국민이 있을 수 있나? 우주피스공화국 헌법을 개정해야 된다고 생각한다. 예술가들의 마을에 여유가 느껴진다. 우주피스공화국 만세!

저녁은 빌뉴스 타운홀 광장이 내려다보이는 레스토랑에 갔다. 어제 갔었는데 음식이 괜찮아 다시 찾았다. 일식만 하는 줄 알았는데 한국식 회무침도 한다. 김치와 된장찌개도 하고.

식사 후 엊그제 예약했던 '빌뉴스 페스티벌 2016'을 국립오페라&발레극장에서 관람했다. 극장에서 놀람의 연속이다.

첫째는 극장의 규모에 놀라고, 둘째는 내가 관람할 좌석에 놀랐다.

공연좌석이 매진되어 구입할 수 없다는 것을 구해준 것으로 만족하였는데 입장하여 좌석을 찾아가니, 맨 앞에서 4번째 정중앙 VIP석이다. 이렇게 좋은 좌석일 줄 몰랐다. 무대와 객석이 거의 닿아있어 독창하는 사람의 숨결이 그대로 전해졌다.

셋째는 오케스트라의 규모에 놀랐다.

100여 명이 넘는 풀-오케스트라 구성으로, 연주 도중 힘찬 나팔 소리에 뒤를 돌아보니 관람석 2층과 3층 BOX석에서 연주하는 트럼펫과 트럼본, 튜바 등 힘찬 관악기 연주소리에 또 놀랐다. 합창단 규모도 100여 명인데 실황을 리투아니아 국영TV에서 중개하고 있다.

연주가 진행되는 도중의 생각은, 리투아니아는 연주가 끝난 뒤 손뼉 치면 안 되는 법이 있는지 궁금했다. 악장 간 박수 금지는 당연하지만 한 곡이 끝났는데도 엄숙하고 정돈된 분위기다. 도대체 언제 박수를 쳐야

빌뉴스 페스티벌 2016

하는가? 연주하느라 고생한 오케스트라와 지휘자에게 청중은 언제 답례의 박수를 쳐야 하는가? 눈치만 보고 참고 있었다.

드디어 모든 공연이 끝난 뒤 박수가 이어지고 또 이어지고, 관중이 모두 기립하여 환호하고 사진을 찍는다.

대규모 공연에 감동하고, 연주내용에 감격하고, 분위기에 젖는다. 좋은 음악회를 만나는 건 언제나 감동이다. 음악의 감동을 끝으로 리투아니아와 이별한다.

예술을 사랑하는 사람들! 아름답고 친절한 리투아니아인!

낯선 이국에서 감동의 밤을 보낸다.

제4장

마지막 여행지
러시아 칼리닌그라드와
돌아오는 길

칼리닌그라드행 열차의 깐깐한 입국심사

리투아니아 빌뉴스에서 러시아 역외 영토인 칼리닌그라드행 기차를 탄 승객은 우리뿐이다. 국제선이라 일반 국내 승객과는 달리 플랫폼이 분리되어 여권과 기차표 검사를 한 후에 출국하게 되어있다. 기차는 모스크바를 출발하여 벨라루스공화국 민스크를 거쳐 도착했다. 2시간 15분을 달린 뒤 리투아니아 Kibarty 역에 정차하자 출입국 관리가 승차하여 여권을 제시하니, 어디를 가느냐 묻고는 비자를 요구한다. 한국국민은 비자면제협정으로 비자가 필요 없다 했더니 꼼꼼하게 여권을 넘겨본다. 리투아니아 입국기록이 없기 때문이다. 러시아어를 할 줄 아느냐고 묻기에 난 '쓰바씨바'밖에는 몰라 했더니, 그럼 영어는? 하고 묻는다. 여행객이냐고 묻고는 여권을 보고 핀란드에 입국한 사실이 있느냐고 묻기에 헬싱키에서 탈린-리가-빌뉴스를 거쳐 떠나는 중이라고 하였더니, 차장을 불러

리투아니아 수도 빌뉴스역

이 손님 어디에서 승차하였냐고 확인하고 출국 스탬프를 찍어준다. 출국 심사를 위해 라트비아 마지막 역에서 40분간 정차했다.

열차 내 승객들의 언어가 2주 전까지 자주 듣던 악센트가 있는 된소리의 러시아 언어다. 반갑기도 하고 낯설기도 하다. 러시아영토 첫 역인 Nesterov 역에 정차하자 입국심사관이 승차하여 탐색견을 앞세우고 일단 순검을 한 후 잘 생긴 젊은 심사관이 묻는다(나는 빠쓰뽀르따를 테이블에 놓고 기다렸다). 영어 할 줄 아느냐? 직업은 무엇이며, 숙소는 어디인가? 칼리닌그라드에서 뭐 할 거냐? 연속으로 질문을 한다(아! 입국심사가 만만치 않다. 복잡해진다. 이 상황을 빨리 정리해야지 싶었다).

난, 당신 발음을 못 알아듣겠는데 여기 글로 써달라 했더니 써준다. 질문을 확인하고 나도 영어 글로 답했다. 일반적인 대답을 하고, 관광하려고 왔는데 박물관 등을 보려고 한다니까 그럼 그 박물관 이름이 뭐냐고 묻는다(이런 이런… 점점)

난 이름은 모르겠지만 박물관도 보고 호박이 유명하다던데 그것도 보고… 하니, 그럼 호박을 사러 왔어? 하고 묻는다. 장사꾼으로 생각할 거 같아서, 아니? 유명하니까 그냥 구경만 하려고! 했더니 또 묻는다.

"칼리닌그라드에서 다음은 어디로 갈 건데?"

"모스크바를 거쳐 다음은 우리 집이야. KOREA!"

계속 묻는다.

"국적은? 태어난 곳은? 지금 살고 있는 곳은? 당신 아내는?"

"나하고 다 똑같아!"

"OK, 즐거운 여행이 돼라!"

드디어 1차 심사 통과다.

다음은 2차 심사.

이번에는 여권심사를 담당하는 2명의 여자심사관이다. 여권을 세밀하게 들여다본다. 눈에 바싹대고 보는 고배율확대경을 통해 위조여권인지 살펴보고, 휴대용 단말기로 적외선을 비춰 다시 여권이 진짜인지 위조된 가짜인지 살핀다. 난, 한국인은 비자면제협정으로 넌(non)비자인데 왜 이렇게 복잡하냐고 물었다. 여권의 마그네틱을 스캔하니 휴대용 단말기에 내 사진이 나와 있다.

여권 사진을 보고 내 얼굴을 보고, 또다시 여권 사진과 나를 대조하고… 정장 차림의 사진과 텁수룩한 여행객 차림의 나를 2명의 여자입국심사관이 유심히 살핀다. 여권을 한장 한장 넘기며 다른 나라의 출입국기록도 보고 또 보고 한다. 다시 탐색견도 오고, 출입국사무소의 높은 사람도 오고.

낯선 동양인 앞에 러시아 출입국담당 인적 요원 4명과 탐지견 1마리가 마주 보고 있다. 벨라루스공화국의 민스크를 거쳐 빌뉴스 경유하여 칼리닌그라드에 입국하는 한국인이 드문가 보다. 이렇게 20여 분 동안의 특별대우에 약간의 긴장을 즐겼다.

점심시간이 되니 열차 안 승객의 식사준비 장면이 흥미롭다.

며칠 전 사울레이 버스터미널에서도 이와 비슷한 장면을 목격했다. 러시아의 장거리 여행객들은 가방에 식사재료를 가지고 다닌다. 복잡한 터미널이나 기차 안에서 토스트에 잼을 바르는데 잼을 큰 병에 담아왔다. 그다음 치즈를 얹고 토마토와 오이를, 휴대한 칼로 썰어 토스트 위에 놓은 다음, 햄을 얹고 토스트로 덮어 보기도 좋은 완벽한 음식을 만든다. 식사 다음에는 후식으로 과일을 먹고 차나 음료수를 마신다.

난, 복잡한 과정은 생략하고 실용주의 정신으로 단일종류 위주로 하는데 비해 이들은, 복잡한 절차를 마다치 않고 즐기는 것 같다. 주위에서 누가 조리하는 광경을 보든 말든 품위 있는 식사를 준비하고, 즐기는 그들이 부럽다. 과일주스를 마실 때도 잔을 뱅뱅 돌려 알갱이를 골고루 섞어 깨끗하게 들이킨다. 잔에서 섞어 마시나 대충 들이킨 후 몸속에서 섞이나 마찬가지겠지만 절차의 번거로움을 감내하고 품위를 택하는 그들의 문화다.

핀란드(알레그로 열차)에서와 마찬가지로 승무원이 와서 묻는다. 여행에 불편한 거 없나요? 만족도를 묻고 간다.

칼리닌그라드 역에 도착했다. 러시아 대륙의 섬! 독일영토였으나 세계 제2차대전에서 소련에 패하여 소련의 영토가 되었고, 1990년 독일의 통일과정에서 이 지역을 영구히 러시아의 영토로 하고 반환요구를 하지 않는 조건으로 승인(동·서독의 통일)이 되었다고 한다. 블라디보스토크와 마찬가지로 해양으로 진출할 수 있는 부동항으로 나토를 상대하는 최전방 군사기지로, 지정학적으로(미국의 코앞 쿠바와 마찬가지로) 중요하기 때문에 그렇지 않나 생각한다. 칼리닌그라드주에는 그래서 유럽을 겨냥

러시아 칼리닌그라드역, 폴란드와 독일, 모스크바로 가는 열차가 출발한다

한 극비의 미사일 기지와 공군기지, 잠수함기지와 해군기지가 있다고 한다. 유사시 러시아 본토에서 공격하지 않고, 유럽의 턱밑에서 공격하여 반격할 시간을 주지 않으려는 전략으로.

통일 당시 독일은 칼리닌그라드를 영구히 포기하더라도 통일을 해야하는 절박한 사유가 있었을 것이고, 우리나라도 통일을 앞두고 이런 비슷한 상황이 발생하지 말란 법이 있을까? 중국과 러시아는 그럴 경우 순순히 우리의 통일에 동의할까? 역사를 제대로 성찰하지 못하면 비극이 반복된다.

칼리닌그라드에서는 전 세계 호박의 90%를 생산한다고 한다.

늦은 점심을 하기 위해 프레골랴 강변, 물고기 마을에 있는 레스토랑에 갔다. 종업원이 와서 영어메뉴판이 없으며 자기도 영어를 못하는데, 주문이 괜찮으냐고 묻는다. 다른 곳의 식당을 찾기에는 배가 너무 고파, 괜찮다! 주문하겠다고 하고 우선 샐러드를 주문하겠다면서 설명을 하라 했더니, 샐러드에 생선이 들어가는데 이름이 '수닥'이라는 생선인데 어쩌

고저쩌고 한다(아! 샐러드에 연어 같은 생선이 들어가나 보다 했다).

한참을 기다린 끝에 나온 요리는 샐러드 대신 생선이 나왔다.

오~ 이런! 수닥! 네가 왜 거기 접시에 누워 있냐고? 샐러드가 나와야 할 상황인데.

호박박물관 입구

옆 식탁에서 식사하는 손님들에게 호박은 어디에서 파는가? 하며 마켓을 물었더니 호박박물관 옆에서 판다고 알려준다. 그럼 이 지도에 표시해 주세요! 했더니 알려준다.

교통수단을 물었더니 택시 타고 가라고 알려준다. 식사가 끝난 다음, 간다고 일어서며 인사했더니 호박박물관에 가는 방법은 택시 말고 다른 한 가지 교통수단은 트램 No.5를 타는 방법이 있다고 한다. Thanks!

트램을 타고 운전사한테 애기했더니 표를 파는 차장을 불러 내려줄 곳을 애기해 준다.

호박박물관에는 칼리닌그라드주에서 생산한 호박으로 만든 정교하고 멋진 보석작품들이 전시되어 있다. 박물관 관람 중 우레와 같은 소리가 난다. 밖을 보니 우박이 내린다. 한여름에. 크기가 살구만 한 우박이 화단에 수북하다.

박물관 직원이 우박을 내 손에 쥐어주며 "밤바르로브카!" 한다. '사정없이 하늘에서 내렸다'는 뜻이다.

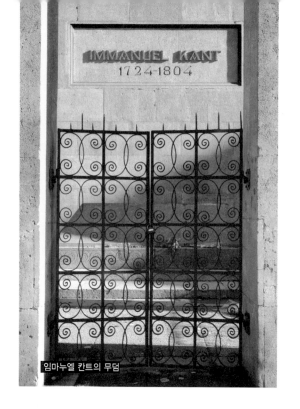
임마누엘 칸트의 무덤

임마누엘 칸트가 묻혀있는 섬 주위로 7개의 다리가 연결하고 있는데 주위의 나무가 온통 호두나무이다. 1333년에 지어진 성당(The Cathedral Church)이 호텔에서 5분 거리인 프레골랴 강가에 있다.

근대철학자 칸트는 태어나서 죽을 때까지 이 지역을 벗어난 적이 없기 때문에 독일명 '쾨니히스베르크'는 그의 모든 것이 남아있는 곳이라고 한다. 독일 땅에 칸트가 묻힌 지 150년 만에 땅 주인이 바뀌어 러시아 땅에 잠들고 있다.

초등학교 때인가, 중학교 때인가 어느 선생님께서 그는 젊은 시절부터 건강이 좋지 않아서 철저히 규칙적인 생활을 함으로써 건강을 지키려 했다고 한 기억이 난다. 칸트는 평생을 아침 5시에 일어나 점심 후 오후 3

시 반에 산책하였는데 시민들이 산책하는 칸트를 보고 시간을 알 정도였다고 했다. 그가 자신이 정한 시간을 어긴 것은 단 두 번인데 하나는 루소의 『에밀』을 읽고 감동받아서 늦게 자고 늦게 일어난 것이라고 한다.

그의 무덤이 성당건물 벽에 있다. 칸트의 무덤에는 실천이성비판의 정수가 적혀있는데 번역하면 다음과 같다.

"내 머리 위에는 별이 빛나는 하늘이, 내 가슴속에는 도덕 법칙이 있다." (실천이성비판의 마지막 구절)

그가 57세 때 쓴 『순수이성비판』에서 이성을 법정에 세운 이유는, 우리가 알고 있는 세상은 보이는 대로 또는 들리는 대로일 뿐이라는 것, 이성이 자신의 능력을 과신한 나머지 자신이 할 수 있는 인간의 한계를 넘어서 사용하도록 했다는 것, 생각하는 것과 아는 것은 다르다는 것 때문이다.

내가 존경하는 사람 중 하나가 철학자와 문화인류학자이다. 대수롭지 않은 일상생활을 의문시하고 목격하고 경험하는 사건과 일, 행위에 대하여 나름 의미를 부여하고 좀 더 나은 가치를 찾아 고민하는 것도 어려울진대 이를 학문으로 삼는 철학자는 저 멀리 높아만 보여서이다.

절대자는 과연 존재하는가? 우주는 어떻게 태어났고 인류의 기원에 궁금해할 때, 정치와 법과 도덕에 대해 알고자 할 때 그의 저서가 조금이나마 답을 주었었다.

쾨니히스베르크(칼리닌그라드) 칸트가 묻힌 성당
박물관과 콘서트장으로 사용 된다.

"이성이란 인간 최고의 능력으로 상식적인 판단을 할 수 있게 하는 힘이며, 우리에게 지식을 가질 수 있게 한다. 하지만 자칫 자만에 빠질 경우 사람들을 기만할 수도 있다. 가령 신의 존재라든지 죽은 뒤 영혼의 불멸이라는 문제는 도저히 증명할 수 없는 문제임에도 불구하고 이런 문제들을 해결할 수 있다고 우기기도 한다."

이에 칸트는 이성을 법정에 세우고 이성이 할 수 있는 일과 그렇지 못한 일을 뚜렷하게 구분해야 한다고 주장한 것이다(임마누엘 칸트 아저씨 말씀은 나의 종교관에도 영향을 주었다).

칼리닌그라드 필하모닉홀의 내일 공연을 예매하러 갔다. 칼리닌그라드 필하모니 오케스트라 홀은 110년이 된 교회(The Kaliningrad regional philharmonic hall)인데, 이를 칼리닌그라드 지역 연주회장으로 음악 콘서트와 국제음악 페스티벌의 장소로 사용하고 있다.

교회마당 외부에 있는 KACCA(매표소)에서 예매를 하고 아내가 화장실을 물어보니 교회 안에 있다 하여 공연장 로비로 갔다. 로비에서 기다리는데 공연하는 소리가 들리기에 담당자한테 무슨 공연이며 내용은? 하고 물었더니 약간의 돈을 내고, 지금 들어가도 된다고 한다. 요구대로 (약간의) 돈을 주었더니, 조금 있으면 한 곡이 끝나고 박수를 칠 텐데 그때 들어가 빈자리에 앉아 관람하라고 한다. 공연 예매하러 왔다가 다른 공연을 중간에 들어가서 관람하는 별난 경험을 한다.

오펜바흐의 사람을 정신없게 하는 빠른 곡(캉캉 춤, cancan dance)

말고는 모두 모르는 곡을 연주하였지만(중간에 들어가 관람하여 프로그램북도 없다.) 교회의 스테인드글라스를 통해서 석양의 찬란한 빛과 색채가 오케스트라의 선율과 함께 여행나그네의 기분을 감동시킨다.

복장 불량으로 출입을 제지당한 레스토랑

호텔 레스토랑에 아침 식사를 하러 갔는데 한 시간 후에 OPEN이라고 한다. 모스크바와 시차가 1시간 차이라는 것을 잊었다. 이왕 객실에서 나온 터라 호텔 옆 칸트가 묻힌 교회가 있는 섬을 한 바퀴 산책했다. 이른

칼리닌그라드 숙소, 등대가 옆에 있다.

아침이라 동네 낚시꾼들이 몰려와 물고기를 낚고 있다. 섬에는 오직 교회밖에 없다.

섬(교회)에서 돌아와 다시 레스토랑에 들어가려다 제지당했다. 사유는 복장불량이다(레스토랑에 드레스코드가 있을 줄이야! 어찌 짐작이나 했겠는가).

슬리퍼를 신고 있었다. 할 수 없이 다시 호텔 객실로 돌아가서 운동화 차림으로 다시 왔다. 중·고등학생 시절에도 한 번도 복장검사에 걸리지 않았었는데 드디어 걸려봤다. 슬리퍼 차림이라 그랬는지, 슬리퍼는 괜찮은데 양말을 안 신어서 그랬는지? 궁금했다.

레스토랑은 드레스코드를 적용할 만큼 괜찮았다. 오랜만에 테이블보 덮인 식탁에서 세트가 갖추어진 멋진 도자기 식기와 서빙을 받아가며 식사를 한다. 식사 중 잠깐 해찰하면 먹다 만 접시와 포크, 나이프를 가져가 버리고 새것으로 바꿔놓는다.

예전의 인도 여행 중 호텔에서 황제식사 하던 기분이다. 창밖 프레골랴 강변의 비 오는 분위기에 젖어 모닝커피를 두 잔이나 하며 식사를 즐겼다.

창밖의 풍경이 크라시바야(КРАСИВАЯ•아름답다)!

칸트 성당의 파이프오르간

까데드랄 교회 안에 있는 칸트박물관은 당시 집기를 그대로 옮겨 놓았는데 물푸레나무, 라임나무로 된 책상과 책꽂이, 그의 수많은 저서와 세계 각국 석학의 칸트에 대한 연구 저서로 꾸며져 있다.

실물 크기의 칸트 모습은 작은 체구의 철학자였다. 서가에 진열된 책 가운데 눈에 띄는 칸트연구 서적 중에는 (전)도쿄대 총장의 저서도 10여 권이 있고, 일본의 연구가가 칸트에 관한 글귀를 써넣은 도자기를 기증한

칸트박물관의 연구실

것도 전시하여 놓았다. 일본의 흔적은 어디를 가도 따라다닌다.

칸트 흉상

　세계 석학들로부터 인정받는 철학자 칸트의 흔적을 러시아에 와서야 볼 수 있는 현실을 독일인들은 어찌 받아들일까?

　칸트 학생 시절의 모자, 오래된 집안의 소품, 당시의 집 설계도 등 칸트 생전의 모든 것으로 꾸며져 있다.

　교회는 입장료가 비쌌다(400루블). 대신, 악기의 제왕 파이프오르간의 장엄한 연주를 들었다. 다른 교회와 다른 점은 교회 안에 십자가도 없고, 예수상도, 강단도 없다. 의자도 모두 성당 입구를 향하여 배치되어 있었다. 성당 주변과 공원에는 예비 신부 신랑들이 웨딩 사진을 찍고 있다.

쾨니히스베르크 칸트 성당

　오후에는 칼리닌그라드 중심가에 있는 러시아정교회와 쇼핑센터를 구경했다. 뜨람바이를 타고 가는데 차장이 차표를 사라고 하면 무슨 증명서를 보여주고 무료승차하는 사람들이 있다. 나이가 지긋한 분들이다. 아마 러시아 ○○당원이거나 러시아 어버이△△소속원이 아닐까?^^

　보트를 타고 운하를 지나 프레골랴 강이 발트 해에 접하는 칼리닌그라

칼리닌그라드 번화가의 러시아 정교회

드 항을 구경했다. 옛 소련 군함과 잠수함들이 전시되어 있었고 하역을 하고 있는 상선과 정박 중인 군함, 세계해양박물관, 올림픽체육관을 지나 항구에는 철광석, 석탄, 고철이 야적되어 있다.

저녁에는 칼리닌그라드 록밴드 'The Great Beatlevs(다섯 손가락)'의 공연을 Regional Philharmonic Hall에서 관람했다. 드러머도 재즈피아니스트도 나보다 나이가 많은 관록 있는 연주자들이다. 땀을 뻘뻘 흘리며 건반악기를 연주하는 연주자, 나이 든 연주자와 눈이 자주 마주쳐 모션과 더불어 열심히 박수 치고 리듬 따라 움직였다. 러시아인으로 구성된 멤버들이 비틀스 노래를 부르는 것이 흥미롭다.

앙코르곡은 〈I WILL〉을 불렀다. 박수 소리와 함께 록 가수의 씨바!(Thanks) 인사로 공연은 끝났다.

비틀스의 시대는 갔지만 (록)음악은 살아있다. 예술에 무슨 국경이 있을까?

비틀즈 음악의 콘서트를 감상한 칼리닌그라드 필하모닉 홀

이번 여행에서 여러 장르의 공연 7개를 감상하였지만 매번 감동을 주었다. 내가 감히 넘볼 수 없는 영역이었기에 부러웠다.

내 안에 이렇게 뜨거운 열정이 들어있었나? 공연을 보는 내내 현실을 떠나 젊은 환상 속으로 돌아갔다. 여행의 피로를 록과 함께 화끈하게 날려 보낸다.

어둠이 내린 칼리닌그라드의 마지막 밤을 비틀즈의 음악과 함께했다.

I WILL

내가 당신을 얼마나 오래 사랑했었는지 누가 알겠어요

내가 아직도 당신을 사랑한다는 걸 아시나요

당신이 원한다면 평생을 외로워도 기다리겠어요

난 그럴 거예요

내가 당신을 보지 않고 당신의 이름을 모른다 해도
그건 정말 문제가 안 되지요
나는 항상 같은 느낌일 거예요

당신을 영원히 사랑할 거예요
내 마음을 다해 당신을 사랑해요
우리가 함께했을 때 당신을 사랑했으며
떨어져 있을 때도 사랑해요

마침내 당신을 찾았을 때
당신의 노래가 세상을 채울 거예요
크게 불러줘요 내가 들을 수 있게
당신 옆에 있게 해줘요

당신의 모든 것 때문에 내가 당신을 사랑하게 되지요
내가 그럴거란 걸 당신은 아시죠
음음음
I will
hmmmmm…
lalalalalala

폴 매카트니 보컬의 노래로 그가 부인 린다 이스트만에게 달콤한 사랑의 고백을 하는 내용의 노래다. 고등학교 교과서에 이별의 정과 한의 슬픔을 승화한 「진달래 꽃」도 좋지만, 사랑의 느낌과 맹세인 〈I WILL〉 같은 노랫말 한 곡쯤 실으면 어떨까?〉

여행할 때 호텔 선택의 기준

호텔 프론트 데스크에 내려가니 직원 둘이 근무하고 있다. 그들한테 내가 당신 혹시 '별'을 가지고 있나? 물으니 여직원 둘 다 의아해한다.

"이 호텔, 별이 △개인데 서비스도 좋고 레스토랑 음식 맛도 최고이다! 전망도 좋고! 그래서 내가 별을 하나 더 달아주려고 그런다. 그럼 별 ◇개가 되겠지! 어때?"

내 말에 웃으며 고맙다고 한다.

여행할 때 호텔 선택에 나름의 기준이 있다.

칼리닌그라드 거리

교통의 편리함과 올드타운의 중심지에 있어야 하고, 다음으로는 호텔의 종류(금액포함)와 아침 식사 포함 여부, 이용자의 평가 등을 고려한다.

중심지에 투숙하면 오가는 시간을 줄여 관광시간을 단축할 수 있고, 저녁 늦게까지 명소의 야경을 감상하고 분위기에 젖을 수 있다. 피곤하면 숙소에 잠깐 들러 휴식도 할 수 있어 편리하다.

호텔벽에서 러시아처녀가 나오고 있다.

초라하고 고생스러운 거지여행도 싫지만 여럿이 떼 지어 다니면서 점만 찍는 여행은 더더욱 가위표다(물론 나름의 장점이 없는 것은 아니다. 단기완성! 속성으로, 시험에 나오는 것은 거의 다 점을 찍어주니까).

여정이 힘들어도 좋은 분위기와 추억이

물고기마을 호텔 벤치의 동상

남는다면, 마음속에 간직할 수 있는 감동이 존재하길 바란다면, 자유여행을 도전해보시라 권하고 싶다.

호텔에서 공항까지의 택시요금을 미리 물어본 다음, 택시를 불러달라고 하면서 택시기사에게 요금을 미리 얘기해달라고 부탁했다. 그래야 공항에 도착하여 요금 때문에 기분 상하는 일이 없을 것이기에.

택시가 도착하였는데 영업용이 아닌 최고급 브랜드의 자가용이다.

칼리닌그라드 공항에서 티켓을 발권할 때 배낭을 화물 처리해야 한다기에 모스크바에서 환승을 해야 하는데 시간이 빠듯하니 짐을 부치지 않고 기내 휴대한다고 하였더니, 저울에 달아보자고 한다.

국내선은 10kg까지인데 무게가 15kg을 초과하니 기내휴대는 불가하고 화물로 부쳐야 한다고 한다. 환승 시간 때문에 위탁화물이 아닌 기내반입 수화물로 해야 하는데 말은 안 통하고… 난, 당신의 말을 잘 알아들을 수 없다고 했더니 영어를 잘하는 직원을 데려온다. 휴~

다시 얘기했다.

내 말을 듣고는, 걱정 마라! 당신 짐을 최종목적지에서 찾게 해줄 테니 짐은 위탁 처리하고 편안하게 여행하시란다.

이렇게 좋을 수가~(씨바!)

모스크바 도착 시각이 20분 남았는데 비행기가 위아래 좌우로 요동친다. 롤러코스터보다 더하다.

기장의 다급한 멘트가 나온다. 기상악화(대낮인데도 컴컴하여 밖이 보이지 않는다.)와 기류 불안정으로 부상할 우려가 있으니 시트벨트 착용을 다시 한 번 확인하고, 일어서지 말라고 당부하면서 목적지에는 15분 정도 연착예정이라고 방송한다. 무섭게 비행기가 요동친다.

방송 후 즉시 비행기 객실에 비상등을 제외하고는 불이 꺼졌다.
(도착예정시간이 20분 남았는데 15분 연착예정이라면 남은 비행시간이 35분여인데 기내 소등은 심각한 상황인 것이다.)

비행기를 타보면 이륙하거나 착륙할 때 기내의 불을 끈다. 비행기 소등은 비상시의 안전을 위한 것인데, 이착륙 시에 많이 발생하는 비행기 사고에 대비하기 위한 안전상의 이유이다.
사람의 눈은 밝은 곳에 있다가 갑자기 어두워지면 한동안 앞이 보이지 않는다. 망막이 어둠에 익숙해지지 않으면 비상탈출용 슬라이드는 물론이고 땅도 보이지 않아 허공으로 뛰어내리는 것처럼 여겨지기 때문이다.
(모든 항공기는 항공법상 비상사태 시 90초 이내에 승객 모두 탈출을 할 수 있도록 항공기가 설계되어야 한다.)

만약 이착륙 시에 사고가 생겨 갑자기 어두워졌을 때 앞이 보이지 않는다면 아무런 대처도 할 수 없으므로 이러한 사태를 피하고자 실내를 어둡게 하는 것이다.

(이와 비슷한 사실 하나 더: 해적들은 눈에 이상이 없어도 한쪽에 안대를 하고 다녔다. 해적이 들끓었던 시대에는 전등이 없었다. 고래 기름 등불을 켜도 실내는 어둑어둑했다. 이 때문에 약탈할 선박을 습격한 해적들이 갑판에서 선실로 들어서면 어둠에 적응하기까지 한참이 걸렸다. 안구속의 망막이 정상작동하려면 약 10~15분의 여유가 필요하기 때문이다. 어두운 곳에서 빠르게 움직여야 할 전투상황에서 앞이 안 보여 상대방에게 역습당할 수 있기 때문이다. 그래서 해적들은 눈에 이상이 없어도 한쪽에 안대를 하고 다니는 경우가 많았다. 한눈이라도 어둠 속에 계속 적응시켜두면 긴급상황에서 살 수 있었기 때문이다.)

또한, 이착륙 시 승무원이 창문 덮개를 열어두라고 말하는데, 이는 창문을 모두 닫아 버리면 밖을 볼 수 없어 공간적 방향상실감이 있으므로 승무원이 비행기의 상황, 밖의 상태를 판단하지 못해 행여 모를 위급한 상황에서 승무원이 탑승객들을 비상탈출 시키는 데 문제가 될 수 있기 때문이다.

이런 착륙 시의 예비 조치를 직접 당하니 두려움과 함께 짧은 순간 여러 생각이 스친다.

터키에서 열기구 타다 송전탑(선)에 걸려 공중폭발로 승객 전원이 목숨을 잃은 이야기, 네팔에서 버스가 절벽 아래로 굴러 사상자가 생겼다는 매스컴의 보도, 파키스탄에서 어이없는 3중추돌 열차사고 동영상, 태국에서 바나나보트가 튕겨 나가 신혼부부가 사망 또는 부상당했다는 불길한 기사가….

그럼, 혹시 내가 탄 이 뱅기도?

이렇게 하다 떨어지거나 착륙한다 하더라도, 기상악화로 착륙 시에 잘못하면 사고가 날 수 있겠구나 하면서… 두려운 마음으로 옆을 보니, 여사께서 눈을 감고 있다.

(기도하는 것 같아) 볼펜과 종이 줄까? 했더니 (비행기가) 떨어지면 다 분해되고 불탈 텐데 유서가 무슨 소용 있냐고 하면서 나보고 대신 쓰라고 불러준다.

- 장남한테는 할머니를 우리 대신 잘 모시고, 미국 누나 한국 오면 네 집에서 머물게 하면서 잘해주고
- 둘째한테는 형과 우애하고 무슨 일 있으면 상의하고
- 딸내미와 가족들한테 사랑한다 전하고
- 집은 어떻게 처리하고 ##은 어떻게 하고, 선산은 어떻게 하고…

마지막으로 좋아하는 여행 하다 한날한시에 간다면 여한이 없다 한다.

내가 말했다.

이 위험한 상황을 겪고 싶다고 누구나 다 경험할 수 있는 것도 아니고, 위험한 상황을 겪지 않고 싶지만 마음대로 되는 것은 아니지 않나? 하느님께 기도한다고 이 어려운 상황이 해결되는 게 아니라 조종사가 어려움을 잘 헤쳐나가야 할 텐데… 그는 수많은 승객의 목숨을 책임지고 있으니 얼마나 힘들까?

얼마 전 K항공사 오너가 자기회사 조종사의 소셜네트워크 서비스인 페

이스북 게시글에 댓을 달았다.

"운항관리사가 다 브리핑해 주고, 운행 중 기상의 변화가 있어도 KAL 은 OPERATION CENTER에서 다 분석해주고, 조종사는 GO, NO, GO 만 결정하는데 힘들다고요? 운전보다 더 쉬운 AUTO PILOT로 가는데, 아주 비상시에만 조종사가 필요하죠. 과시가 심하네요. 개가 웃어요."

이에 조종사들이 허위 사실로 다수의 조종사 명예를 훼손했다며 반발했었는데(물론 자동항법장치에 의한 자동비행과 계기이착륙항법장치에 의한 비행보조 방식이 있지만) 그가 탄 비행기가 이런 상황에 처했을 때 어떤 생각을 할까?

익사이팅한 색다른 경험을 좋아하는데 다시는 겪고 싶지 않은 마음에 입술이 마르고 불안이 몰려오는 숨 가쁜 상황이었다. 기장의 방송 시점에서 20분이면 착륙할 상황이 45분 걸렸다(25분여를 공포에 떨었다).

마법의 양탄자같이 무사히 착륙했을 때 승객들은 박수로 격려하고 함성을 질렀다.

모스크바 세레메티예보 공항에 지연 도착하여 가슴 졸이며 겨우 환승했다. 티켓도 마지막으로 발권받아 좌석을 찾아가니 맨 끝의 마지막 좌석이다. B777-300ER 기종의 맨 끝줄 번호가 51번인 것도 처음 알았다.

끝 좌석이 좋은 점도 있다. 좌석이 여유가 있고, 맨 뒤에 앉으니 의자 등받이를 뒤로 젖혀도 부담이 없다. 주방이 가까워 밥도 제일 먼저 배식이 이루어진다. 치카치카하는 회장님실 가깝고… 비행기 말석 예찬론이다.

이제 뱅기만 뜨면 되는데 모스크바 상공의 기류 불안정으로 한 시간 넘게 연발했다. 아~ 나는 빨리 날고 싶다!

이런 젠장! 결국 내가 이겼다. 그 차 탔다!

공항버스가 방금 출발하여 다음 버스를 한참을 기다렸는데 버스가 왔다. 짐을 버스 옆구리 화물칸에 싣고 버스를 타니 운전기사가 버스티켓을 요구한다. 예전처럼 카드로 결제하겠다고 하니 안 된단다. 현금 결제도 안 된다 하고.

언제부터 버스티켓을 공항에서 사야 했느냐고 그 이유를 묻자, 며칠 되었는데, 인천국제공항공사에서 그렇게 하라고 했단다. 수익성을 이유로 공항공사에서 판매하는 승차권 소지자만 탑승할 수 있게 강제했다고 한다. 그렇다면 그 내용이 공항버스 승강장이나 버스 출입문에 게시가 되었어야 하는데 주위를 둘러봐도 아무런 내용도 없다. 이용하는 불특정 다수 이용객의 편익은 안중에도 없이 수수료를 챙겨 수익을 극대화하려고 한 짓이다.

국민의 세금으로 건립된 대한민국 대표 공기업 인천공항공사가 이제 돈에 눈이 멀어 비행기터미널에서 버스터미널까지 만들어 운영하려고 하고 있다. 내년 10월 완공예정인 제2여객터미널 교통센터 지하 2층에 버스터미널을 짓고 있는 것이다. 지금은 여객터미널 바로 앞에서 버스를 타지만 완공 후, 버스터미널을 이용하려면 제1여객터미널에서 제2여객터미널로 이동해야 하는 불편이 따른다. 일반적으로 버스사업자들은 버스터미널 이용료로 요금의 10.5%를 내고 있다. 현재는 버스터미널이 없어 3%만 받고 있다는데, 터미널 완공 후 버스요금 인상을 염려하지 않아도 될까? 인천공항 이용객 중 버스 수송 분담률은 49.5%로 연간 2,000만 명이 버스와 리무진을 이용하는데 알짜 수입원이 생기는 셈이다.

이런 젠장!

낙하산 타고 투여된, 공항공사 직전 사장 2명 모두 임기 중에 선거에 출마한다고 그만두고 나가더니 이젠 돈에 눈이 뒤집혔나? 하필이면 내가 없는 동안(여행 중)에 이런 말도 안 되는 결정을 했담?

여행 중간중간에 잊어버릴 만하면 외교부에서 '여행지에 위험한 일이 생길 수 있으니 조심하시고, 곤란한 일이 생기면 현지 ##영사관 콜센터 또는 대사관에 연락하시어 안내를 받으라'는 문자 메시지도 보내주던데, 정작 귀국했을 때 필요한 교통에 관한 변경된 정보나 통보해줄 일이지.

러시아에 가보니 모든 버스나 전차에서 심지어 고속버스도 자동차 안에서 차표를 끊어주던데, 우리도 그렇게 하면 일자리 창출도 되는 창조

경제일 텐데 망조경제를 하고 있다.

창조경제는 도돌이표다. 스마트한 시대에 뭔가 거꾸로 가고 있다.

또 한 번 젠장!

할 수 없이 버스티켓을 끊으러 여사님은 매표소로 달려가고, 버스는 떠나려 하고, 운전사는 버스가 출발해야 하니 짐을 내리라고 한다.

버스 옆구리에서 짐을 내리고 승강장에서 기다리는데, 저 멀리서 구입한 버스승차권을 가지고 뛰어오고 있다. 버스는 승강장을 떠나 비스듬히 차선을 벗어나 출발하고 있고… 나는 1차선 도로에 나가 버스를 가로막았다. 차표 끊어 왔다고! 소리 치며.

운전사는 문을 안 열어주고, 나는 문 열라고 하고… 도로에서 버티고, 버티고!

결국 내가 이겼다. 그 차 탔다.

비바! 브라보! 만세!

지난 6주 동안 꿈같은 여행을 했다.

낯선 곳의 긴장은 행복호르몬 도파민으로, 피곤함은 엔도르핀으로 날려 보냈다.

여행은 삶과 예술 같은 것이다.

하면 할수록 더욱더 깊이 있는 여행(삶)을 하고 싶었다.

여행보다 다이나믹한 예술(삶)이 있을까?

다리가 떨리면 아무것도 못 하지만

가슴이 떨리면 모든 것을 할 수 있다.

시간은 돌이킬 수 없다.

시간이 지난 후에야 뒤늦게 여행을 떠올린들 무슨 소용이 있으랴.

가슴이 떨린다면 지금 당장 배낭을 꾸리시라!

청춘의 빛은 가도, 여행으로 만든 추억의 파편은 가슴에 남는다.

꽃을 가까이하면 꽃 같은 인생이 된다.

여행을 가까이하면 예술 같은 삶이 된다.

여행과 사랑하는 이의 입술을 저버리지 말라!

다시 즐거운 마음으로 인생이라는 삶의 기차에 오른다.
인생(삶)의 창문 밖으로 지나는 풍광에 감사하며….

시베리아 횡단열차 타고 러시아와 발트 3국 42일

펴낸날 2016년 11월 17일
2쇄 펴낸날 2017년 4월 17일

지은이 김형만
펴낸이 주계수 | **편집책임** 윤정현 | **꾸민이** 이슬기

펴낸곳 밥북 | **출판등록** 제 2014-000085 호
주소 서울시 마포구 월드컵북로 1길 30 동보빌딩 301호
전화 02-6925-0370 | **팩스** 02-6925-0380
홈페이지 www.bobbook.co.kr | **이메일** bobbook@hanmail.net

© 김형만, 2016.
ISBN 979-11-5858-202-9 (03810)

※ 이 도서의 국립중앙도서관 출판시도서목록(CIP)은 e-CIP 홈페이지(http://www.nl.go.kr/
  cip)에서 이용하실 수 있습니다. (CIP 2016026626)

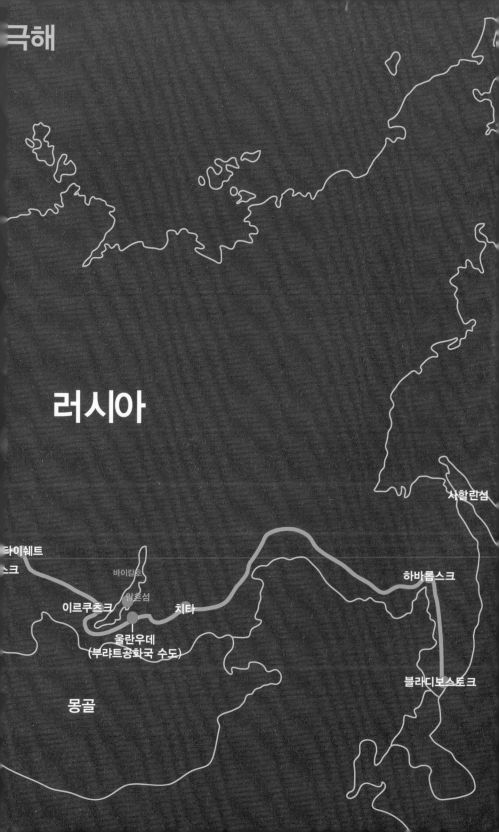